U0136446

絶対合格！

松岡龍美 著

# 日本語能力試験
# 徹底トレーニング

大新書局　印行

# まえがき

2010年から日本語能力試験が新しくなりました。「読解」の問題も、問題数自体はあまり増えていませんが、出題される文章の数が増えたため、いろいろな文章に触れておく必要があるという意味では難しくなったと言えるでしょう。

しかし、読解の基本は変わりません。まず、キーワードを探し、何について書かれているのかを把握すること。それから、意見文を探し、筆者が事実関係に対して、どんな意見を述べているかを理解すること。そして、全体の構成を把握するために、接続詞に注意することです。

以上３つの基本ができていれば、どんな長い文章も読み解くことができるはずです。

ただ一点、新しい問題で残念なのは、最後の「情報検索」の問題です。本来、このような「情報」に関して問われる日本語能力というのは、例えば、「日本語スピーチコンテスト募集案内」を読んで、その内容についてわからない点を主催者に日本語で問い合わせる能力であって、最初から内容を全部理解する能力ではありません。現に、日本人がそうして問い合わせているわけで、もし理解できなかったとしたら、それは情報を提供する側に責任があるからです。少なくとも、Ｎ１のレベルで出題されるべき問題とは思えません。

このような点を解消するためにも、日本語能力試験には、本来あるべき「作文力」、さらには「会話力」を問う科目を設ける必要があるのではないでしょうか。

日本語能力試験の３科目のうち、問題数が最も少ないのが「読解」です。

つまり、１問間違えると、得点の差が大きく表れるのが「読解」ということです。

ですから、この「読解」で常に70％以上を取ることが、日本語能力試験に合格するための最後の目標となります。

学習者の皆さんが、一人でも多く試験に合格できますよう、心から祈っております。

2012年9月

著者

# 日本語能力試験N1　読解

日本語能力試験N１は、「言語知識（文字・語彙・文法）・読解」（合計110分）と「聴解」（60分）から成ります。「言語知識（文字・語彙・文法）・読解」のうち、問題１～７は「言語知識」です。「読解」は、大きく問題８から問題13までの６つの問題に分けられます。

## 問題８　内容理解（短文）

（200字程度の短い文章＋問い１つ）×４問

文章は生活・仕事などいろいろな話題の「説明文」、「指示を伝える文」です。

## 問題９　内容理解（中文）

（500字程度の文章＋問い３つ）×３問

文章は評論、解説、エッセイなどで、因果関係や理由が問われます。

## 問題10　内容理解（長文）

（1000字程度の長い文章＋問い４つ）×１問

文章は解説、エッセイ、小説などで、概要や筆者の考えなどが問われます。

## 問題11　統合理解

（300字程度の文章２つ＋問い２つ）×１問

同じテーマの文章を読み比べ、比較・統合し、理解する能力が問われます。

※国際交流基金が発表している日本語能力試験の概要では、「統合理解」の小問数は３つとなっています。しかし、最近は２つしか出題されない傾向にあるようです。

## 問題12　主張理解

（1000字程度の長い文章が１つ＋問い４つ）×１問

文章は社説、評論などで、文章全体を通した筆者の主張や意見が問われます。

## 問題13　情報検索

（700字程度の情報素材＋問い２つ）×１問

広告、パンフレット、情報誌、ビジネス文書などの中から必要な情報を探し出す問題です。

読解問題全体の小問数は25問程度で、60点満点です。確実な合格のために、70％（得点42

点、小問数18問）以上の正解を目指しましょう。

制限時間は、「言語知識（文字・語彙・文法）」と合わせて110分です。「文字・語彙・文法」は全部で45問ですから、１問に30秒～１分かけると想定しても、40分もかかりません。

ですから、読解の時間は70分あると考えていいでしょう。１つの問いに解答するのにかかる時間を、だいたい２～３分と考えると、以下のような時間配分ができます。

| | |
|---|---|
| 問題８ | 10分 |
| 問題９ | 24分 |
| 問題10 | 12分 |
| 問題11 | ７分 |
| 問題12 | 12分 |
| 問題13 | ５分 |
| 合計 | 70分 |

試験の１カ月前には、だいたいこのペースで時間を計って、練習しましょう。

※問題数や形式については、『新しい「日本語能力試験」ガイドブック 概要版と問題例集Ｎ１,Ｎ２,Ｎ３編』『日本語能力試験 公式問題集 Ｎ１』（独立行政法人国際交流基金　公益財団法人日本国際教育支援協会）の情報を中心にまとめました。その他、日本語能力試験関連書籍等を参考に試験の出題傾向を予測しています。

# もくじ

# 第1章

# 読解の基本

# 文章の構成

文章は、「単語」と「文」と「段落」で構成されています。ですから、「単語と単語の関係」、「文と文の関係」、「段落と段落の関係」を理解することが「読解」です。

文章は、大きく分けると、「事実の文」と「意見の文」、そして、「説明の文」に分けられます。文の機能としては、あと「疑問（問いかけ）の文」と「答えの文」もありますが、「答えの文」は「意見の文」と考えていいでしょう。

次の文章を読んでみてください。

> 現代はリサイクルの時代である。リサイクルとは、古くなった品物を回収して、再び利用することである。例えば、多くのスーパーマーケットでは、牛乳の紙パックや飲料水のペットボトルなどを回収している。これをメーカーが再利用するのである。では、なぜ、リサイクルが必要なのだろうか。その理由は三つある。第一の理由は、ゴミを減らすことになるからである。第二の理由は、天然資源とエネルギーの節約になるからである。そして、第三の理由は、メーカーにとって経費の節約になるからである。経費を節約できれば、その分を消費者へのサービスに使うことができるだろう。つまり、リサイクルは生活環境を守るためにとても重要なことなのである。

最初の２つの文をわかりやすく２つに分けます。

**1**　「現在はリサイクルの時代である。」

**2**　「リサイクルとは、古くなった品物を回収して、再び利用することである。」

こうして２つの文を並べてみると、すぐわかるのは、「リサイクル」という言葉が、どちらにもあるということです。「リサイクル」がこの文章のキーワードになります。そして、２番目の文は、「リサイクル」という言葉を説明していることがわかります。つまり、**1**と**2**の文は、「説明」という関係になります。

では、先の文章の文をすべて並べて、関係を見てみましょう。

**1**　「現在はリサイクルの時代である。」

**2**　「リサイクルとは、古くなった品物を回収して、再び利用することである。」

**3** 「例えば、多くのスーパーマーケットでは、牛乳の紙パックや飲料水のペットボトルなどを回収している。」

**4** 「これをメーカーが再利用するのである。」

**5** 「では、なぜ、リサイクルが必要なのだろうか。」

**6** 「その理由は三つある。」

**7** 「第一の理由は、ゴミを減らすことになるからである。」

**8** 「第二の理由は、天然資源とエネルギーの節約になるからである。」

**9** 「そして、第三の理由は、メーカーにとって経費の節約になるからである。」

**10** 「経費を節約できれば、その分を消費者へのサービスに使うことができるだろう。」

**11** 「つまり、リサイクルは生活環境を守るためにとても重要なことなのである。」

こうしてみると、次のことがわかります。

**1**は「事実関係」を表す文である。

**2**は**1**の「説明」である。

**3**は**2**の「具体例①」である。 }**具体例**

**4**は**2**の「具体例②」である。 }**具体例**

**5**は**1**に対する「疑問」である。

**6**は**5**に対する「答え（意見）」である。

**7**は**5**に対する「理由①」である。 }**理由**

**8**は**5**に対する「理由②」である。 }**理由**

**9**は**5**に対する「理由③」である。 }**理由**

**10**は**9**の「結果」であり、**9**の「補足理由」である。

**11**は**5**に対する「意見」であり、全体の「結論」である。

この中の「具体例①」と「具体例②」、そして、「理由①」から「補足理由」まではまとめることができますから、この文章を７つに分けることができます。実際に分けてみましょう。

- 現在はリサイクルの時代である。ー**「事実文」**
- リサイクルとは、古くなった品物を回収して、再び利用することである。ー**「説明文」**
- 例えば、多くのスーパーマーケットでは、牛乳の紙パックや飲料水のペットボトルなどを回収している。これをメーカーが再利用するのである。ー**「具体例・説明文」**
- では、なぜ、リサイクルが必要なのだろうか。ー**「疑問文」**
- その理由は三つある。ー**「意見文」**

- 第一の理由は、ゴミを減らすことになるからである。第二の理由は、天然資源とエネルギーの節約になるからである。そして、第三の理由は、メーカーにとって経費の節約になるからである。経費を節約できれば、その分を消費者へのサービスに使うことができるだろう。**ー「理由・説明文」**
- つまり、リサイクルは生活環境を守るためにとても重要なことなのである。**ー「結論・意見文」**

つまり、

**事実文** ⇒ **説明文** ⇒ **具体例文** ⇒ **疑問文** ⇒ **意見文** ⇒ **理由文** ⇒ **結論文**

という7つの文のまとまりに分けられます。これが段落を形成していきます。
「段落」の分け方は、人によってちがいますが、7つに分けた文章をもっと大きく、まとめてみましょう。

**「事実文／説明文／具体例文」**

現在はリサイクルの時代である。リサイクルとは、古くなった品物を回収して、再び利用することである。例えば、多くのスーパーマーケットでは、牛乳の紙パックや飲料水のペットボトルなどを回収している。これをメーカーが再利用するのである。

**「疑問文／意見文／理由文」**

では、なぜ、リサイクルが必要なのだろうか。その理由は三つある。第一の理由は、ゴミを減らすことになるからである。第二の理由は、天然資源とエネルギーの節約になるからである。そして、第三の理由は、メーカーにとって経費の節約になるからである。経費を節約できれば、その分を消費者へのサービスに使うことができるだろう。

**「結論文」**

つまり、リサイクルは生活環境を守るためにとても重要なことなのである。

これで3つの段落になりました。

結局、文章というものは、「事実・問題点」に対する「意見・理由」を表すものなのです。

ですから、この文章は、結局、3つの段落の最初の文をつなぐだけで、表すことができます。

- 現在はリサイクルの時代である。
- なぜ、リサイクルが必要なのだろうか。
- リサイクルは生活環境を守るためにとても重要なのである。

これが、この文章を短く要約したものです。(これだけを見ても、「リサイクル」がこの文章のキーワードであり、テーマであることがわかります。)

このように「段落」は、大きく分けると「事実(説明・問題点)」と「意見(理由・具体例)」と「結論」の3つに分けることができます。

「読解」とは、**文章を読んで、「文と文の関係」、「段落と段落の関係」を理解する**ということなのです。

## 読解のポイント

読解をするためのポイントは３つです。練習問題を解きながら、これらのポイントを常に意識しましょう。

① **キーワード**を探せ！

文章の中に、何度も出てくる単語に（　　）をつけましょう。

② **意見文**を探せ！

文の終わりに注意しましょう。文に下線を引きましょう。

「～だろう。」「～のである。」

「～ではないか。」「～のではないだろうか。」「～できないものか。」

「～べきである。」「～べきではない。」「～たほうがいい。」「～ないほうがいい。」

「～なければならない。」「～ざるをえない。」

「～と思われる。」「～と言える。」「～と言わざるをえない。」

「～には…ことだ。」「～には…が必要だ。」「～に必要なのは…ことだ。」

③ **接続詞**に気をつけろ！

接続詞の前後関係を理解しましょう。

前後で意味の流れが変わる、反対になる接続詞

「しかし、」「ところが、」「ただし、」「もっとも、」「にもかかわらず、」

「とはいえ、」「と思いきや、」「かえって、」「むしろ、」

前の文をまとめて言い換える、結論を述べる接続詞

「つまり、」「要するに、」「ということは、」「このように、」「従って、」

# 第2章 問題形式別トレーニング

# 1 内容理解（短文）

「内容理解（短文）」の文章は、200字程度と決められています。40字×５行程度で、１段落の横書きの文章が基本です。内容は、環境や教育、インターネットなどのいろいろな社会問題や、新聞に出ているようなさまざまなテーマが取り上げられます。

問いは、だいたい次の４つに分けられます。

**①　文章中のある言葉について、意味を問う問題**

例　「　　」とはどういうことか。

「　　」とはどのようなものか。

「　　」に最も近いものはどれか。

**②　筆者の意見を問う問題　1**

例　筆者は「　　」をどのようにとらえているか。

筆者は「　　」どのように説明しているか。

**③　筆者の意見を問う問題　2**

例　筆者によると、「　　」には何が必要か。

筆者は、「　　」にとって何が重要だと考えているか。

**④　文章の内容（全体）を問う問題**

例　この文章で筆者が述べていることは何か。

この文章の内容と合っているものはどれか。

筆者の考えと合っているものはどれか。

まずは基本となる横書きの文章から、問いのタイプごとに練習しましょう。

次に、縦書きの文章とビジネス文書の形式を解いてみましょう。

# 1 横書きの文章

## ① 文章中のある言葉について、意味を問う問題

### 例題 1

私たちは通常自分自身を認識しているのは自分の脳だと無意識に思っている。ところが、これとは別に、人間の体は、細胞レベルで自分自身かどうかを認識する免疫システムができあがっていて、たとえば花粉やウイルスなどの異物が侵入してきたときに敏感に反応し、それらを排除する。他人の臓器を移植するのが難しいのはこのためである。移植した臓器は、免疫を抑制しなければすぐに「非自己」と認識され、「自己」によって攻撃される。人間はいわば二つの「自己」を持っているのである。

**問** ここでいう二つの「自己」とはどういうことか。

1 意識的に自覚している自分自身と無意識のレベルで行動している自分自身が存在するということ

2 外界の異物に反応する身体と他者の臓器を排除しようとする身体の二種類があるということ

3 脳が認識する自己と身体が細胞レベルで認識する自己の二つがあるということ

4 人間は、自分自身を認識する自己と自分以外の物を認識する自己の二つを持っているということ

## 例題１　解説

**1**　私たちは通常自分自身を認識しているのは自分の脳だと無意識に思っている。

**2**　**ところが、**これとは別に、人間の体は、細胞レベルで自分自身かどうかを認識する免疫システムができあがっていて、たとえば花粉やウイルスなどの異物が侵入してきたときに敏感に反応し、それらを排除する。

**3**　他人の臓器を移植するのが難しいのはこのためである。

**4**　移植した臓器は、免疫を抑制しなければすぐに「非自己」と認識され、「自己」によって攻撃される。

**5**　人間はいわば二つの「自己」を持っている**のである。**

**キーワード**　（　）：自分自身　自分　自己　［　］：認識する

**意見文**　「のである。」

**接続詞**　「ところが、」

こうしてみると、この文章で大事なのは、最初の２つの文、特に２番目の文の前半までということがわかります。「たとえば」の後は、例を示しています。３番目と４番目の文も例を示しています。そして、５番目の文で意見を述べています。

最初の２つの文は、わかりやすく対応させてみると、次のようになります。

**1**　自分自身を認識するのは、**脳**である。

**2**　自分自身を認識するのは、**細胞レベルの免疫システム**である。

以上から、正解は**3**であることがわかります。

## 練習問題 1

英語で「I love you」と言う。これを日本語に直訳すると、「私はあなたを愛しています」あるいは、もっと単純に「私はあなたが好きです」となるのだが、こんなまだるっこしい日本語を話す日本人はいないだろう。日本人ならずばり「好きです」とだけ言えばいい。二人きりになっているのに、主語をはっきりさせることはない。「私」も「あなた」も区別する必要はない。英語のように主語がなければ文が成立しない言語とちがって、日本語は述語主体だからである。

**問** 筆者の言う、述語主体とはどういうことか。

1　二人だけで話すときは、述語が省略される場合があるということ
2　自分の気持ちを伝えるとき、日本語は文が短くなるということ
3　日本語では複雑な表現より単純な表現が好まれるということ
4　述語が大事で、述語だけで十分意味が伝えられるということ

## ② 筆者の意見を問う問題　1

### 例題 2

近代以降、世界の歴史は全体的に個人化を進めていったと言えるだろう。そうして、大都会では、一人暮らしの老人が死後何週間も経ってから発見されるという事件、いわゆる「孤独死」が後を絶たなくなってきている。また、各家庭を見ても、核家族化はどんどん進み、離婚する夫婦も増え続け、少子化が回復する見込みは立たないままだ。子どもがいる家庭でも、家族がそれぞれ別々に一人で食事をする「個食」にまで至っているのは、その究極の現象だと言っていい。

**問**　筆者は「個食」をどのようにとらえているか。

1　親子の関係が悪化した結果である。
2　夫婦の関係が悪化した結果である。
3　少子化を進めていった結果である。
4　個人化を進めていった結果である。

## 例題２　解説

**1** 近代以降、世界の歴史は全体的に個人化を進めていったと言える**だろう。**

**2** **そうして、**大都会では、一人暮らしの老人が死後何週間も経ってから発見されるという事件、いわゆる「孤独死」が後を絶たなくなってきている。

**3** **また、**各家庭を見ても、核家族化はどんどん進み、離婚する夫婦も増え続け、少子化が回復する見込みは立たないままだ。

**4** 子どもがいる家庭でも、家族がそれぞれ別々に一人で食事をする「個食」にまで至っているのは、その究極の現象だと言っていい。

**キーワード**　：個人化　孤独死　核家族化　少子化　個食

**意見文**　「だろう。」

**接続詞**　「そうして、」「また、」

この文章では、最初の文が筆者の意見であることがわかります。そして、後の３つの文は、その例を示しています。

つまり、キーワードの関係は、**個人化　＝　孤独死　＋　核家族化　＋　少子化　＋　個食**ということになります。

ですから、最後の文の「個食は、その究極の現象だ」の「その」という指示語が指しているのは「個人化」であることがわかります。つまり、「個食は、個人化の究極の現象だ」ということです。

これと同じ意味の選択肢を探せばいいので、正解は**4**になります。

## 練習問題 2

新聞やテレビのように、一定の時間にならないと情報が得られないメディアと異なり、インターネットの情報は、一般人が現場からリアルタイムで発信できるため、無編集のまま視聴者に届けられる場合も多い。そのため情報の質という点では玉石混交（ぎょくせきこんこう）であることも事実だが、逆に視聴者のリテラシーが試されてもいるわけだ。情報操作されないように注意して取捨選択すれば、歩きながらでも、世界の生の情報が正確に得られるのである。新聞やテレビの衰退は、やむを得ないことなのだろう。

**問** 筆者はインターネットの情報をどのようにとらえているか。

1　中には怪しい情報もあり、新聞やテレビのほうが信頼できる。
2　選択に注意すれば、新聞やテレビより価値があると言える。
3　編集を通さないため、新聞やテレビに比べ質が低いと言える。
4　どこでも入手できるという点だけは、新聞やテレビより優れている。

## ③ 筆者の意見を問う問題　2

### 例題 3

なるほど科学は客観的なものであり、それが事実と論理によって成り立っている以上、疑問をさしはさむ余地はない。が、人間はうそをつく動物であり、科学者もまた人間である以上、うそをつく。昨今、私利私欲のために科学の客観性をねじ曲げて恥じない科学者があちこちで事件を起こし、その責任が問われるようになってきた。科学者がたとえ社会を敵に回しても真理の追究をやめなかった、そういう時代もかつてはあったのだが。科学者の倫理はいったいどこに行ってしまったのか。

**問** 筆者は、科学者にとって必要なのは何だと考えているか。

1　時と場合によってうそを上手に使い分ける臨機応変さ
2　どこまでも真理を追い求め不正を許さない心
3　社会と戦っても負けないほどの強い身体
4　私的な感情を完全に排除した論理的な思考能力

△ のだが＝のに

△ のか＝のだろか

## 例題３　解説

**1**　なるほど科学は客観的なものであり、それが事実と論理によって成り立っている以上、疑問をさしはさむ余地はない。

**2**　**が、**人間はうそをつく動物であり、科学者もまた人間である以上、うそをつく。

**3**　昨今、私利私欲のために科学の客観性をねじ曲げて恥じない科学者があちこちで事件を起こし、その責任が問われるようになってきた。

**4**　科学者がたとえ社会を敵に回しても真理の追究をやめなかった、そういう時代もかつてはあった**のだが。**

**5**　科学者の倫理はいったいどこに行ってしまった**のか。**

**キーワード**　（丸囲み）：科学　科学者　　（四角囲み）：論理　真理

**意見文**　「のだが。」（＝のに。）「のか。」（＝のだろうか。）

**接続詞**　「が、」

この文章では、筆者の意見が最後の２つの文にあることがわかります。この２つの文をわかりやすく言い換えると次のようになります。

「かつての科学者は**真理を追い求めて**社会と戦うこともあったのに、今の科学者は、そういう**正しい心**をどこにやってしまったのだろうか！」

この文と同じ内容の選択肢は、**2**であることがわかります。

このように、本文の言葉を言い換えたものが正しい答えになります。

**真理の追究　＝　真理を追い求める**

**倫理　＝　正しい心　＝　不正を許さない心**

これも読解の大きなポイントです。答えは必ず本文の中にあるので、本文の言葉を言い換えてみようということです。

## 練習問題 3

楽器を演奏することと、それを教えることとは別の次元のことだ。むしろ演奏が上手な人ほど、教えるのを苦手とするものだ。口でいくら言っても、微妙な音の違いは表せない。また、技術の勝る生徒が師にいろいろ細かく注意されるのを嫌い、有名な演奏家のCDを聴いて、自分も同じように弾けると勘違いするのもよくある例だ。音楽を聴く耳がなければ何にもならない。本来、教える側の力量はそれを育てられるかどうかにかかっている。

**問** 筆者は、ここでいう「教える側」に必要なものは何だと言っているか。

1 音の違いが聞き分けられる耳を育てる能力
2 演奏の技術ではなく、言葉で表現する能力
3 技術で生徒に負けないよう努力し続けること
4 楽器の演奏と教育は次元が違うと自覚していること

## ④ 文章の内容（全体）を問う問題

### 例題 4

　これだけ世の中に商品があふれてくると、なぜ人間は日々新しい商品を作り出そうとするのだろうかと素朴（そぼく）な疑問がわいてくる。まだまだ理想の社会にはほど遠いと言って、未開拓の分野を開発し商品化しようとする人々がいなくなることはあるまいが、今ある商品の質を高める方向も大事だと思われる。無理をして目新しさや便利さを求めるのでなく、たとえ古い技術によるものであっても、より生活の質を向上させる商品を今の時代は求めているのではなかろうか。

問　この文章で筆者が述べていることは何か。

1　今後は、新しい分野の商品を開発しようとする人はいなくなるだろう。
2　最新の技術を利用して、古い商品を復活させることが必要だろう。
3　現代社会は理想に近づいているのだから新商品開発に力を入れるのは疑問である。
4　今の時代は、商品の質を高め、生活の質を高めることが大事である。

# 例題４　解説

**1**　これだけ世の中に商品があふれてくると、なぜ人間は日々新しい商品を作り出そうとする**のだろうか**と素朴（そぼく）な疑問がわいてくる。

**2**　まだまだ理想の社会にはほど遠いと言って、未開拓の分野を開発し商品化しようとする人々がいなくなることはあるまい**が、**今ある商品の質を高める方向も大事だ**と思われる。**

**3**　無理をして目新しさや便利さを求めるのでなく、たとえ古い技術によるものであっても、より生活の質を向上させる商品を今の時代は求めている**のではなかろうか。**

**キーワード**　（○）：商品　（□）：質　［□］：新しい　未開拓　目新しさ

**意見文**　「のだろうか」「と思われる。」「のではなかろうか。」

**接続詞**　「が、」

この文章は、３つとも意見文だということがわかります。

１の文は、「新しい商品」に対して「疑問だ」と言って、否定的な意見を述べています。２の文は、「新しい商品」はなくならないだろう。しかし、「今ある商品の質も大事だ」と言っています。３の文は、今の人は「新しくて便利な商品」ではなくて、「生活の質を高めるための商品」を求めていると言っています。

選択肢を見てみましょう。

１は、「新しい分野の商品を開発しようとする人は**いなくなるだろう**」となっていますが、本文では、「未開拓の分野を開発し商品化しようとする人々が**いなくなることはあるまい**」となっているので、間違い。

２は、「**最新の技術**を利用して」という部分が、本文では「たとえ**古い技術**によるものであっても」となっているので間違いです。「古い商品を復活させる」というのも違います。

３は、「現代社会は理想に**近づいている**」となっていますが、本文は「理想の社会には**ほど遠い**」となっているので、間違いです。

ということで、正解は**4**です。

## 練習問題 4

経済の現場では、いよいよ人間が物として扱われるようになってきた。生産から消費まで、そこでは商品が中心に据えられていて、人間は脇へ追いやられてしまっている。そこを貫くのは効率最優先の思想である。第３次産業の発達した社会では、人間の感情や頭脳でさえ商品として扱われ、人間は商品が利益を産むための、使い捨ての装置に過ぎない。そこでは人間の活動はすべて統制されていて、規制から外れた者は粗悪品として社会の外へ排除されるのである。

**問** 文章の内容と合っているものはどれか。

1 人間が機械の一部として扱われるよりも、商品として扱われるほうが進化している。

2 人が商品として扱われないように、消費より生産が中心の経済に戻さなければならない。

③ 人よりも商品が中心の経済社会では、効率が最優先され、人も商品とみなされる。

4 人間は、すべて規則で統制されているため、粗悪な商品のように捨てられることはない。

## 2 縦書きの文章

短文の問題には、縦書きの文章も出題されます。基本的に、字数、内容、問いのいずれも横書きの文章と変わりはありませんが、文章は、少し文学的なエッセイが多いようです。

### 例題 5

人間が他人に何か話すとき、「ことば」そのものによって伝えているのは、わずか三十%に過ぎないという説がある。

つまり、人は、相手の話し方や表情、そして身振りや手振りなどの全てを含めて、相手の発言を理解しているのだ。残念ながら手紙や電子メールでは、伝わる部分は最初から限られている。どんなに技術が進んでも、携帯電話やテレビ電話で全てを伝えることはできない。

考えてみればいい。そうでなければ、人間が結婚して家庭をもつ意味もなくなってしまうだろう。

**問** そうでなければとあるが、どういうことか。

①　話し相手の全てを理解できないなら、ということ
2　これ以上通信技術が進まないなら、ということ
3　言葉で全てが伝えられるなら、ということ
4　言葉だけで全てを伝えることが困難なら、ということ

# 例題５　解説

1 人間が他人に何か話すとき、「ことば」そのものによって伝えているのは、わずか三十%に過ぎないという説がある。
2 **つまり、**人は、相手の話し方や表情、そして身振りや手振りなどの全てを含めて、相手の発言を理解しているの**だ。**
3 残念ながら手紙や電子メールでは、伝わる部分は最初から限られている。
4 どんなに技術が進んでも、携帯電話やテレビ電話で全てを伝えることはできない。
5 考えてみればいい。
6 そうでなければ、人間が結婚して家庭をもつ意味もなくなってしまう**だろう。**

**キーワード**　（　）：伝える　伝わる
**意見文**　「のだ。」「だろう。」
**接続詞**　「つまり、」

１の文と２の文は、接続詞「つまり、」でつながれていますから、同じ内容だとわかります。そして、３の文も４の文も、同じキーワードが使われていますから、２の意見文の補足説明だとわかります。ですから、１から４まで同じ内容が書かれているということです。

５の文は、特に意味がありません。「実際に考えてみてほしい」ということです。

以上から、６の「そうでなければ」の「そう」は、１から４までの文全体を指していることがわかります。

**そう**でなければ　＝ **「ことば」で伝えているのは、わずか三十%に過ぎない**　でなければ
つまり、
＝ **「ことば」で伝えているのは、わずか三十%だ**　でなければ
＝ **「ことば」で伝えているのは、わずかだ**　でなければ
＝ **「ことば」で伝えているのは、百%だ**　であれば
ということになります。正解は**3**です。

## 練習問題 5

私のストレス解消法はいたって簡単だ。夜、できるだけ人通りの少ない道を散歩する。散歩といっても、ゆっくり歩くのではなく、かなりの速さでザクッザクッと前に進む。最初はストレスの原因になった場面が頭に浮かんでくるが、しばらく歩いているうちに、そんなことは忘れて、歩くことに集中している自分に気づく。家に帰ってシャワーを浴びると、さっぱりして、適度な疲れで、翌朝まで熟睡できる。目が覚めた時には元気になっているのだ。

思うに、夜の散歩は、私の心身をストレス前の状態に戻す効果があるのだろう。テレビゲームをリセットするように。

OK

**問** 筆者は、自分のストレス解消法について、どのように述べているか。

1 歩くことで集中力を高めることができ、仕事の効率を上げることができる。

2 簡単だが、ストレスの原因を分析し、解決策を見つけるのにとても役に立つ。

3 かなりのスピードで歩くため疲労も大きいが、体力をつけるのに最適である。

4 いやなことは忘れ、熟睡できるので、心身を新たな状態にすることができる。

# 3 ビジネス文書

ビジネスの現場で取引先の会社宛に送られる文書、電子メール、あるいはインターネットのホームページに掲載したお知らせなどが出題されることがあります。

まず、この形式に慣れてください。あとは、送り主が伝えている用件について、事実関係を理解することです。文書を受け取った人はどうすればいいのか、ということを考えながら読みましょう。

## 例題 6

平成○○年３月１日

株式会社　東京ビジネス
経理部長　山田　太郎　殿

新宿産業　株式会社
経理課長　森山　三郎

（　　　　　　　　　　　　　　）

拝啓　早春の候、貴社ますますご繁栄のこととお慶び申し上げます。日ごろ格別のご愛顧をいただき厚く御礼申し上げます。

さて、当社製品の販売についてですが、この冬は暖冬の影響を受け、売れ行きが極めて悪く、下記の品に在庫がございます。

つきましては、在庫一掃販売を致したく存じますので、ご協力賜わりますようお願い申し上げます。また、下記のごとく値引きさせていただきますので、なにとぞよろしくご高配のほど願い上げます。

なお誠に勝手ながら、このご注文は３月20日までにお願いしたく存じます。

敬具

記

| 製品番号 | 在庫量 | 値引き率 |
| --- | --- | --- |
| A-123 | 250 | 28% |
| B-100 | 71 | 20% |
| B-200 | 290 | 32% |

以上

**問**（　　　）に入る件名として最も適当なものはどれか。

1　価格改定のお願い

2　注文取り消しの件

3　販売協力のお願い

4　営業不振のお詫び

# 例題６　解説

ビジネス文書の形式を確認しておきましょう。

平成○○年３月１日

①株式会社　東京ビジネス
経理部長　山田　太郎　殿

②新宿産業　株式会社
経理課長　森山　三郎

③（　　　　　　　　　　　　）

④拝啓　⑤早春の候、貴社ますますご繁栄のこととお慶び申し上げます。日ごろ格別のご愛顧をいただき厚く御礼申し上げます。
⑥さて、当社製品の販売についてですが、この冬は暖冬の影響を受け、売れ行きが極めて悪く、⑦下記の品に在庫がございます。
⑧つきましては、在庫一掃販売を致したく存じますので、ご協力賜わりますようお願い申し上げます。また、⑦下記のごとく値引きさせていただきますので、なにとぞよろしくご高配のほど願い上げます。
⑨なお、誠に勝手ながら、このご注文は３月20日までにお願いしたく存じます。

④敬具

⑦記

| 製品番号 | 在庫量 | 値引き率 |
| --- | --- | --- |
| A-123 | 250 | 28% |
| B-100 | 71 | 20% |
| B-200 | 290 | 32% |

⑦以上

① 相手の会社名、役職名、氏名。氏名の後には「殿」や「様」などの敬称を付けます。
② 文書を書いた本人の会社名、役職名、氏名。
③ 件名（標記、首題とも言う）を書く。
④ 挨拶の言葉。文章の最初に「拝啓」、最後に「敬具」と書く。最初に「謹啓」、最後に「謹白」と書くこともある。
⑤ 挨拶の言葉。定型の文で、季節を表す言葉から書き始める。「貴社」は相手の会社のこと。自分の会社は「弊社」と言う。「ご繁栄」の他に「ご清祥」、「ご隆盛」など。「お慶び」は「お喜び」とも書く。「日ごろ」は「平素は」と書くこともある。「ご愛顧をいただき」は、「ご愛顧を賜り」と書くこともある。
⑥ 「さて、」という接続詞から、この文書の本題に入る。
⑦ 「下記」、「下記のとおり」、「下記のごとく」と書いて、具体的な日時や数量などを箇条書きや表にして示す。示す場合は、まず真ん中に「記」と書いて、最後に「以上」と書く。
⑧ 「つきましては、」という接続詞の後に、「依頼」や「お願い」などの内容を書く。
⑨ 「なお、」の後に、補足事項を書く。

この文章では、⑥「さて、」の後の文で、販売状況を説明し、⑧「つきましては、」の後の文で、具体的な「お願い」をしています。

「⑧つきましては、在庫一掃**販売**を致したく存じますので、ご**協力**賜わりますよう**お願い**申し上げます。」

ここに答えがあります。正解は**3**です。

## 練習問題 6

平成○○年９月吉日

お得意様各位

日本工業株式会社
代表取締役 中山　三郎

### 価格改定のお願いについて

謹啓　時下益々ご清祥のこととお慶び申し上げます。

さて、ご承知のように最近の原油の値上げに起因する諸物価の高騰は各方面に多大の影響を与えており、弊社におきましても原材料価格の値上げや輸送コスト等に大きな影響を受け、経営環境は益々厳しくなっております。

つきましては、誠に心苦しいところではありますが、この度、下記のとおり、商品の価格改定をお願いしたいと存じますので、何とぞ諸事情をご賢察のうえご理解とご協力を賜りますようお願い申し上げます。

なお、弊社では、今後ともお客様の立場に立ったサービス提供に努めて参る所存でありますので、今後とも引き続きご愛顧を賜りますようお願い申し上げます。

謹白

記

1．価格改定時期
東日本地区：平成○○年 11 月 21 日（火）出荷分から
西日本地区：平成○○年 12 月 21 日（木）出荷分から

2．対象商品
全商品

以上

ok

**問** この文書は何を伝えているか。

1　原材料の価格や輸送コストを削減し、客へのサービスを向上させる。

2　値下げをするために全商品の経費を削減し、客へのサービスを向上させる。

3　一部商品を対象に、２つの地区に分け開始時期をずらして価格の改定を行う。

④　原材料の価格上昇につき、２つの地区に分け開始時期をずらして値上げを行う。

## 例題 7

以下は、ある会社が取引先に出したメールである。

---

株式会社田中産業
総務部
川田　明　様

毎度、お引き立ていただきありがとうございます。

さて、10月5日付で追加注文いただきました「カビトルA」は、誠に申し訳ございませんが、ただ今生産ラインが間に合わず、追加分には応じることができません。何とぞご了承くださいますようお願い申し上げます。

つきましては、「カビトルS」の在庫が多少ありますので、代替品としてご検討いただければ幸いに存じます。「カビトルS」は新製品で、同じ価格でより強力な効き目が得られます。

以上、取り急ぎお詫びかたがたご案内まで。

（株）東洋洗剤
営業課長　山川　博

---

**問**　このメールの用件は何か。

1　追加注文の取り消しと代替品発送の通知
2　追加注文のお断りと新製品の案内
3　出荷状況のお知らせと発送が遅れることのお詫び
4　在庫状況のお知らせと追加注文分の催促

## 例題７　解説

この文書も、「さて、」の後の文と、「つきましては、」の後の文が用件です。最初のほうは、「追加注文に応じられない」ということですから、「取り消し」ではなく、「お断り」です。後のほうは、追加注文に応じられない代わりに、新製品を勧めています。

最後の文も定型で、文章の内容を要約した言い方です。「以上は、～について書きました」という意味です。「お詫びかたがたご案内まで」というのは、「追加注文に応じられないことのお詫び」と「新製品のご案内」ということですから、正解は**2**になります。

最後の文は、他に「以上、取り急ぎ用件のみにて（失礼します）」や、「まずは、お礼まで」といった書き方があります。

△ 取り消す = cancealled

△.

## 練習問題 7

以下は、ある会社がホームページに掲載したお知らせである。

お客様各位

平成○○年12月

株式会社　美麗堂

平素は当社商品に格別のご愛顧を賜り、厚く御礼申し上げます。

このたび、弊社が販売しております『フレッシュリップス』の本年（平成○○年）製造商品の一部におきまして、欠陥があることがわかりました。

つきましては、お客様により安全に、安心してご使用いただくために、商品を自主回収することにいたしました。お客様には、大変ご迷惑をおかけすることになり、深くお詫び申し上げます。

もし、お手元に対象商品がございましたら、ご使用を中止していただき、誠にお手数ではございますが、以下にご案内します「ネット交換受付」にて、お手続きをお取り下さいますようお願い申し上げます。受付完了後、10日間前後で交換商品をお送りさせていただきます。お手元の商品は、交換商品の箱の中の「返送方法のご案内」をご確認いただき、「着払い伝票」にてご返送をお願いします。

今後は、より一層品質管理に努めて参りますので、皆さまのご理解、ご協力のほどをお願い申し上げます。

ok

**問** この商品をすでに購入した人はどうしたらよいか。

1　直接店頭へ欠陥商品を持参し、新しい商品と交換してもらう。

2　本社の受付に連絡して、欠陥商品を新しい商品と交換してもらう。

3　欠陥商品を返送した後、ネットで手続きをして、交換商品を受領する。

4　ネットで手続きをして、交換商品を受領後、欠陥商品を返送する。

# 内容理解（短文）　復習問題

## 問題 1

成果主義型賃金制度を導入する企業が増えているが、成果主義についての誤解が多く、かえって混乱が生じている。社員の働きによって賃金の額に差をつければ、全体の人件費は増えるのが普通である。だから、経費削減のため人件費に手をつけるなら、二つの方法しかない。社員全体の給料の水準を下げるか、社員数を減らすしかない。一般的な給料の水準であるにもかかわらず、人件費をカットしなければならないとしたら、それは経営の方法に問題がある証拠なのである。

**問**　成果主義についての誤解とあるが、ここではどういう意味か。

1　成果主義によって社員全体の給与水準を下げられると考えること
2　成果主義によって社員の数を減らせると考えること
3　成果主義によって人件費を減らせると考えること
4　成果主義によって経営の方法を改善できると考えること

## 問題 2

山登りの案内書を開くと、どれにも標準コース、標準タイムが書かれていて、けっこうこれがくせものだ。素人が歩くのだから、コースを外れるようなことはしないけれど、どうやら若い登山者に標準を合わせている場合が多く、時間どおりにはなかなかいかないものなのだ。大自然の中を歩くときくらい時間のことは考えずに気ままに歩かせてくれよとも思うが、これが400～500mの低山ならともかく2000mを超える高山ともなるとそうも言ってられない。命にかかわってくるからだ。

**問**　そうも言ってられないとあるが、どういうことか。

1　コースを外れてはいけないということ
2　解放感を味わってはいけないということ
3　安全に注意しなければならないということ
4　自然環境を汚してはいけないということ

## 問題 3

45歳を過ぎたある休日の朝のことだった。私は、いつものように朝食後、新聞を読んでいて、ふと我に返った。新聞の活字が妙に見づらく、メガネ（もちろん近視）をはずして読んでいる自分に気がついたのだ。一瞬、「老化」という言葉が頭に浮かんで、暗い気持ちになった。知らぬ間に身体は、衰えへと向かっている。意識はそれに追いつかない。むしろ逆行したままだ。忙しさは年々加速していくようにさえ思える。このギャップが広がりゆくことこそが「老化」なのではないか、そう思うようになった。

問　このギャップとあるが、どういうことか。

1　視力の衰えが気持ちを暗くさせること
2　身体の衰えの速度
3　忙しさからくる疲労度
4　意識と身体の差

## 問題 4

若いころは、だれもが夢を追いかける。この国にはこんなに物があふれているのに希望だけがないとも言われているようだが、夢を抱く人がいないのではなく、夢はかなわないものだと思わされていて、いつまでも夢を追いかけるのは子どもっぽいことだと周りの大人に言われ続け、いつのまにか夢を忘れてしまうように社会ができあがっている、というのが事実に近いだろう。そうして、自分も「夢はかなわないから夢なんだ」と考えるようになる。

問　夢はかなわないから夢なんだとあるが、どういう意味か。

1　夢をあきらめずに追いかけようとすること
2　夢はかなわないものだとあきらめること
3　夢を大きくふくらませること
4　夢を持つのは子どもっぽいと考えること

## 問題5

私は「子どもを産み、育てる」という女性の生理的特徴をもっと強調したい。これは、男性には決して体験のできない女性の特権だからだ。赤ちゃんを胸に抱いて母乳を与えている母親の姿ほど美しい光景は、この世に存在しないだろう。ここにこそ女性性の本質がある。我が子に母乳を与えることで自分自身も幸せな気持ちになれること。これこそが女性の本質であり、この気持ちがわかるかどうかが、女性か男性かを分ける大切なポイントなのだ。

**問** 女性か男性かを分ける大切なポイントとあるが、どういうことか。

1 出産という生理的特徴を持つか持たないかということ
2 女性としての特権を理解しているかどうかということ
3 母乳を与える母親の気持ちがわかるかどうかということ
4 赤ちゃんを胸に抱いている姿が美しいかどうかということ

## 問題6

「草食男子」という言葉が流行(はや)ったことがあったけれど、こんな言い方も「肉食」が当たり前の社会に日本がなってしまったからで、昔は日本人も、魚は別にして肉など食べてはいなかったことを忘れている。また、草食動物の筋肉が肉食動物の筋肉に比べて弱いなんてことはないことも忘れている。「草食」という言葉で、おとなしく弱々しい男子をイメージするのは、だから、まったくの偏見なのだ。なぜこんなバランスを欠いた社会になってしまったのか考えさせられる。

**問** 筆者は、何がバランスを欠いていると言っているか。

1 若い男性が野菜しか食べないということ
2 若い男性が力が弱くて頼りないこと
3 社会が男性らしさを尊重しないこと
4 社会が肉食中心であること

## 問題 7

女性がファッションに敏感なのは、常に、他者からの視線を気にしているからで、すぐに鏡に映った自分をイメージできるからだろう。そんな女性たちが山に進出し始めて結構なにぎわいを見せ、「山ガール」なんて言葉も生まれている。色鮮やかでファッショナブルなかっこうをした女性たちが険しい山を登っていく。だれが山を登ろうと自由だが、一瞬の判断ミスが命取りにもなる山で、あんまり他者からの視線を気にするのはどうかと思う。

問 「山ガール」とはどんな人のことか。

1 自由に山登りをする女の人
2 命も顧みず危険な山に挑戦する女の人
3 男性的なファッションで山に登る女の人
4 山でもファッションを気にする女の人

## 問題 8

音楽が音を使った芸術であり、絵画が色を使った芸術であるならば、文学は言葉を使った芸術であることになる。しかし、音楽や絵画に比べ、それではわかりにくいのは、言葉には具体性が欠けているからであり、特に文字で書かれた小説は音楽性も乏しく、直接人間の感覚に訴えてくるものはないといえる。にもかかわらず、この世に存在しない音楽や美しい幻想を描けるものと言えば、文学をおいてほかにないというのも事実なのである。

問 筆者は文学について、どのように述べているか。

1 視覚にも聴覚にも直接訴えることができるという点で優れている。
2 言葉は抽象的だが、音楽や絵画以上の表現力を持つ。
3 芸術性には欠けるが、普遍的な真理を表すことができる。
4 音楽的な面は劣るが、色彩的には他のどれよりも優れた芸術である。

## 問題 9

日本は世界でも数少ない農産物輸入国であり、先進国の中でも特に食料自給率が低い。日本が国際協調の立場から諸外国の農産物を積極的に輸入しなければならないのは当然である。しかし、地球環境の悪化や異常気象による不作、国際情勢の急激な変化などによって、農産物の輸入量が急に減った場合を考えると、輸入に依存した現状には不安が残る。特に、小麦をはじめとした主要穀物や肉類などは、食料安全保障の立場から農産物の自給体制を確立する必要がある。

**問** 筆者は、食料自給率についてどのように述べているか。

1 国際協調という点で、もっと自給率を下げるべきだ。
2 地球環境の悪化が自給率の低下を引き起こしている。
3 自給率の低下は好ましくなく、改善すべきだ。
4 緊急時に備え、現在の自給率を維持する必要がある。

## 問題 10

オール電化住宅というと、いかにも先進的で便利な生活が送れるようにイメージしがちだが、電気に依存した生活が人間的に価値のある生活かというと別問題だ。暖房一つ取っても、スイッチを押すだけで自動的に部屋の温度を調節してくれるのがいいか、面倒だがいちいち燃料をストーブの中に入れて燃やすのがいいか。目の前で燃える炎を見て暖まる一時の心の豊かさは何物にも代えられないと思われるのだがどうだろう。意見の分かれるところである。

**問** この文章で筆者が言いたいことは何か。

1 環境のためには電気を節約しなければならない。
2 電気への依存は、人間を無能力にしてしまう。
3 木を燃やす自然エネルギーの可能性を追求すべきだ。
4 電気に頼りすぎる生活に全面的には賛成できない。

## 問題 11

今では会社内のやり取りはほとんどメールで行われており、社員は常に新着メールに意識を奪われ、ずっと対応に追われてしまうこともある。現代人が、ゲームやインターネットに何時間も没頭し、対人関係を忘れがちになるように、社員同士が面と向かってコミュニケーションをとる場面がほとんどなくなってきているというわけだ。こんな状況が、何かのきっかけで精神を病んだ状態に追い込むのだろう。現代人に鬱(うつ)病が多いというのもうなずける。

**問** 筆者は、何が問題だと言っているか。

1 社員が一日に接する情報量が多すぎて消化できなくなっていること
2 社員が職場でもインターネットに夢中になり、仕事をおろそかにすること
3 社内で直接コミュニケーションする機会が減っていること
4 仕事が忙しすぎてストレスのため病気になる社員が増えていること

## 問題 12

今の若者を見ていると、何でもインターネットで検索したり、あるいは、客観的であろうとして、すぐに確率や平均などの数値を求める。数値やグラフがあれば一目瞭然(りょうぜん)、わかりやすいということなのだが、それに頼りすぎているように思えてならない。数値が表している現実が見えなくなっているのではないか。だから、現実を目の前にしていても、数値がないと判断できないなんてことが起きる。すぐに数値を信用して、騙(だま)されてしまうことにもなる。

**問** 筆者は、今の若者についてどのようにとらえているか。

1 数値に依存しすぎるため弊害が現れている。
2 客観的であろうとして、感情を失ってしまっている。
3 現実から逃れ、空想的になってしまっている。
4 数値を基に現実を分析するので正しく判断できる。

## 問題 13

著作権を保護すると言うと聞こえはいいが、それはもともとインターネットによる情報通信が発達する以前の考え方に基づくもので、本やＣＤや絵画を出版物などの商品として手に入れるしかなかった時代の考え方である。それらをコピーしてインターネットを通して共有しようとすることが、即、著作権の侵害として違法行為になるのか、それともインターネットの利用法として自然な行為であり、個人の自由として守られるべきことなのか、21世紀を生きる人間として、よくよく考えなければならない。

問　筆者は、著作権についてどのようにとらえているか。

1　著作権の侵害は許されず、違法行為は取り締まらなければならない。
2　著作権の主張よりも、ネット利用者個人の自由を尊重すべきである。
3　著作権保護という名目で悪用される可能性があるので注意が必要だ。
4　著作権の考え方は古く、21世紀の社会に合わなくなってきている。

## 問題 14

科学者は人間である。当然のことだ。だが、科学者が個人の利益を優先しないと考えがちなのは、「それでも地球は回っている」と唱えたガリレオのイメージで科学者を見てしまうからで、科学者も人間である以上、お金や、名誉欲しさに真実をゆがめることもあるだろう。だが、科学が真理を追究する学問である以上、科学者のうそは非常に大きな影響を与えることを忘れてはならない。虚偽はいずれ証明され、真理だけが残るのだから。

問　筆者は、科学者には何が求められていると言っているか。

1　真理を求める探究心
2　何よりも名誉を優先する精神
3　多少のうそを見逃す寛容さ
4　虚偽を相互に監視する制度

## 問題 15

自然エネルギーというとすぐに風力発電や太陽光発電を連想する。けれども、石油や石炭などの化石燃料もまた自然の産物であることに変わりなく、それを利用する以上、自然エネルギーと言って差し支えないだろう。いや、そんなことを言ったら、原子力発電だって、ウラン鉱石という自然の産物を利用していることになる。だからだろうか、同じものを「再生可能エネルギー」と呼ぶこともあるが、これはこれで定義がまた難しいようだ。

問　この文章で筆者が言いたいことは何か。

1　自然エネルギーの開発を進めるのは困難だ。

2　自然エネルギーの定義は難しい。

3　再生可能エネルギーという言葉は使わないほうがいい。

4　「自然エネルギー」は「再生可能エネルギー」と言い換えたほうがいい。

## 問題 16

今では、国家が国民一人一人の情報を管理する時代となっていて、極端な場合、携帯電話を通して個人の居場所をすぐに特定でき、メールの内容さえ把握できるようになっているという。テロリズムの防止のためとはいえ、いやな世の中になったものだ。これでは、監視の目を逃れるためには、ホームレスにでもなるしかないだろう。いや、たとえホームレスになっても、公園に備え付けられた監視カメラが目を光らせている。カメラに石を投げれば、すぐに警察が捜査を開始するだろう。

問　筆者は監視についてどのようにとらえているか。

1　社会の秩序を守るためにはやむを得ない。

2　理由はわかるがけっして好ましくはない。

3　人間不信を招くためすぐにやめるべきだ。

4　あくまでも監視する側のモラルの問題である。

## 問題 17

こんなにも利益追求が至上命題のようになってしまった社会に暮らしていると、人間が生きていることに意味はなく、唯一、美を求める行為だけが尊いとした芸術至上主義の生き方が懐かしくなってくる。全ては虚無であり、虚無であるがゆえにますます美しい。美は虚無の上に咲く花であり、一瞬にして消え去ってゆく。芸術をお金に換算することしか知らない人々とは無縁の世界が確かにある。たまにはそういう世界にどっぷり浸かってみるのもいい。

**問** 筆者の考えと合っているものはどれか。

1　芸術を含め、人間のすることは全て、意味も価値もない。

2　全てを利益追求の手段と考えるような人は早く死んだほうがいい。

3　この世の中で最も価値があるのは芸術家の生き方である。

4　余裕があれば美の追求に集中できる時間がほしいものだ。

## 問題 18

人は年老いて後、だんだん子供に返っていくものだ。仕事の一線から引退し、昔は「隠居」といったように社会にも顔を出さなくなり、行動範囲が狭まり、体もだんだん動かなくなっていく。記憶も薄れ、だんだんぼけていき、家族の世話が必要になる。そして、ひたすらお迎え、つまり、死を待つようになる。成長の過程を逆にたどるということなのだが、子供とは絶対的に異なることがある。老いはかわいくないということ。むしろ、老いは死の影を帯びて醜くさえ見えてしまう。そこが難しい。

**問** この文章で筆者が述べていることは何か。

1　老人を理解するには、子供の成長過程と比較するのが最もわかりやすい。

2　老人は子供のように見えるが、決定的な違いもあり理解するのが困難だ。

3　老化とは人生を逆にたどることだと理解すると、安心して死を待つことができる。

4　老化とは外見とは反対に心が美しくなっていくことだから、恐れることはない。

## 問題 19

いじめはなくさなければならないという考え方がもうダメだと思う。学校の先生はみんな良い先生ばかりで、生徒も正しいことばかりをしなければならないという前提がまちがっている。先生が先生をいじめることだってある。生徒もまたしかり。そんなことはないと思っているから、実際にいじめが起きているのに、なかったことにしてしまう。いじめられた生徒が自殺しても、いじめはなかったとうそを言い続けることにもなる。そのくり返しだ。

**問** 筆者の考えと合っているものはどれか。

1　いじめがあるのに、ないとうそを言うのは、いじめよりも悪いことである。

2　いじめをなくそうと焦るより、まず現実にいじめがあることを認めるべきだ。

3　大人の間のいじめをなくさない限り、生徒間のいじめがなくなるわけがない。

4　いじめをなくすことは不可能であるが、生徒の親や教師が責任を取るべきだ。

## 問題 20

自分に家族がいることはあまりにも当たり前すぎて、それがどれだけありがたいことであるかは失ってみないとわからないものだ。子どもの間は、家族と毎日顔を突き合わせて、あれこれうるさく言われるより、早く独立したいと一人暮らしに憧(あこが)れたりもするが、例えば、友人に裏切られて傷ついたり、仕事で失敗して落ちこんだりした時に、ただそばに家族がいる、それだけで救われたり、癒(い)やされたりする。それは何物にも代えがたい。

**問** この文章で筆者が言いたいことは何か。

1　家族がいることには、良い面と悪い面の両面がある。

2　常に家族に対する感謝の気持ちを忘れてはいけない。

3　家族のありがたさはわかっていても口では言えないものだ。

4　家族は唯一無二の存在だが普段はそれに気づかないものだ。

## 問題 21

以下は、ある会社が取引先に出した文書の一部である。

---

拝啓　平素は格別のご高配を賜り、厚くお礼申しあげます。早速お見積書をお送りいただきありがとうございました。

しかしながら、昨今の当業界の厳しい状況においては、ご提示いただいた価格での注文は難しいのが現状です。また、率直に申しまして、他社見積りと比較しても５％の開きがあることを考え合わせますと、長年お付き合いいただいている貴社に発注したいとは思うものの、なかなか困難な状況です。

つきましては、お忙しい中大変恐縮ですが、事情をご賢察の上、再度お見積りいただきたく、ご依頼申し上げます。

敬具

---

**問**　この文書の用件は何か。

1　注文品の取引中止の依頼

2　請求書の再発行の依頼

3　見積価格引き下げの依頼

4　見積価格引き上げの依頼

## 問題 22

以下は、ある会社が取引先に出したメールの一部である。

---

株式会社グリーン

伊東　由美　様

いつもお世話になっております。

さて、先日ご説明申し上げました梅田学園駅前ビル出店の計画でございますが、この度、ビル２階に60平方メートルほどの権利を取得する運びとなりました。

弊社では、そのスペースを利用して、英会話を主とした外国語の会話教室をオープンする計画を進めております。英会話学院の経営に関して高い実績とノウハウをお持ちの貴社と、弊社が抱えている欧米諸国出身の優秀な講師陣とが手に手を携えれば、必ず好評を博するものと確信しております。

何とぞ、ご参画をお願いしたく、企画書を添付いたしましたので、ご検討のほど、よろしくお願い申し上げます。

（株）コスモス

山川　明

---

**問**　このメールの用件は何か。

1　欧米出身の講師派遣の提案

2　不動産の購入の提案

3　英会話教室の企画の依頼

4　新規業務の提携の依頼

## 問題 23

以下は、ある会社が取引先に出した文書の一部である。

平成〇〇年２月 10 日

山口商事株式会社　殿

森山工業株式会社

総務部長　川上　太郎

通　知　書

貴社は、平成〇〇年８月５日、東京都新宿区△△町１丁目の上田物産株式会社から、買掛金100万円で商品事務机を購入しておられます。しかしながら、すでにその支払日を過ぎて半年が経過しております。

当社は、上記上田物産株式会社に対し、金100万円の債権を所有しておりますが、同社はその後倒産し、貴社に対しても売掛金の支払いを催促した様子は見られません。

つきましては、上記債務を当社にお支払いいただきたく、ご通知いたします。

**問** この文書は何を要求しているか。

1　山口商事が森山工業に 100 万円支払うこと

2　上田物産が森山工業に 100 万円支払うこと

3　山口商事が上田物産に 100 万円支払うこと

4　山口商事が上田物産に支払いを催促すること

# 2 内容理解（中文）

短文の次は、中文（中ぐらいの長さの文章）の問題です。字数は500字程度ですから、3段落から4段落程度の文章です。

まず、文章のテーマを3つに分けて練習しましょう。

**1　事実関係を中心にした文章、科学的文章**
**2　経済、ビジネス、国際化、社会問題などをテーマにした文章**
**3　文化や言葉、身近な話題をテーマにした文章**

問いは3つですが、これも大きく3つのタイプに分けることができます。

**①　文章の中の語句について問う**

例　これは何を指すか。
そういう関係とは、どういう意味か。
そういう人は避けるに越したことはないとあるが、どういうことか。
ここでの最後の問題とは、何か。
筆者が社会通念として挙げているものは何か。

**②　理由・原因・目的を問う**

例　少子化は止められないとあるが、なぜか。
池の鳥たちがいなくなったのはなぜか。
筆者は読者が減ったのはどうしてだと考えているか。
筆者は不安になった原因をどのように考えているか。
カメラを設置したのは何のためか。

**③　筆者の考えを問う**

例　日本の建築について、筆者が最も言いたいことは何か。
筆者の考えと合っているものはどれか。
筆者の考えによると、仕事の上で最も大切なことは何か。
筆者は衣服についてどのように述べているか。
筆者は聞き上手になるにはどうすればいいと言っているか。

筆者は日本人の笑いをどのように説明しているか。

以上のような３つの問いがあることを考えながら、本文を読むようにしましょう。

読解のポイントは、どんな問題でも変わりません。キーワードに気をつけながら読めば、「語句についての問い」の答えがわかるでしょう。接続詞と意見文に気をつければ、どこで「理由を説明しているか」わかるでしょう。また、結論がどこにあるか、つまり「筆者の意見がどこにあるか」すぐにわかるようになるでしょう。

では、まずは例題から解いてみましょう。

# 1　事実関係を中心にした文章、科学的文章

## 例題 8

「マシュマロテスト」という実験がある。４歳の子どもを一人ずつ部屋に呼んで、マシュマロを１個与え、「ちょっと用事があるから出かけるけど、そのマシュマロを食べないで待っていてくれたら、もう１個あげる。すぐに食べてもいいけど、それを食べちゃったら、もうマシュマロはもらえないからね」と言って部屋を出る。そして、15分後に戻るまで、子どもの様子を観察するのである。実験はこれだけだが、子どもたちのその後の成長を追跡調査するのである。

すると、14年後の子どもたちには大きな変化が現れていた。４歳のときに、目の前のマシュマロを食べずに我慢して、15分待つことができた子どもは、一般に、周囲への適応力に優れ、困難に対処する能力においても、また、試験の成績においても優れた高校生に成長した。ところが、我慢できずに１個目のマシュマロを食べてしまった子どもは傷つきやすく、がんこな性格になる傾向が強かった。彼らは、ストレスに耐えることができず、困難な問題から逃げようとする傾向が見られた。また、試験の成績も明らかに劣っていたのである。

この実験からわかることは、幼児のころの性格が、その後の成長に大きく関係しているということだ。つまり、頭がいいか悪いかといった知能の測定よりも、こういったいわば感情の能力を見極めることの方が、その後の成長を正確に予測できるということなのである。

**問１** この実験の説明として正しいものはどれか。

1　４歳の子どもと 18 歳の高校生に一人ずつマシュマロを与えて、両者の反応を比較する。
2　同じ被験者に対し４歳時と 18 歳時の二度に分けてマシュマロを与え、反応を比較する。
3　４歳の子どもに一人ずつマシュマロを与え反応を観察し、その後の追跡調査を行う。
4　同じ被験者に対し４歳から 18 歳まで毎年マシュマロを与え、反応を観察し変化を調べる。

**問２** ここでいう感情の能力とは、どういうことか。

1　周囲の変化を敏感に感じ取る能力
2　気持ちをコントロールする能力　→我慢
3　困難な問題からうまく逃げる能力
4　ストレスをためないよう感情を発散する能力

**問3** 筆者は「マシュマロテスト」からどういうことがわかると言っているか。

1　子どもの成長においては、試験の成績は関係ない。

2　4歳児が受けた実験の影響は、14年後に現れる。

3　子どもの成長を予測する上では、知能指数は役に立たない。

4　子どもの成長に大きく関係しているのは我慢する能力だ。

# 例題８　解説

**第１段落**

**1**　「マシュマロテスト」という実験がある。

**2**　４歳の子どもを一人ずつ部屋に呼んで、マシュマロを１個与え、「ちょっと用事があるから出かけるけど、そのマシュマロを食べないで待っていてくれたら、もう１個あげる。すぐに食べてもいいけど、それを食べちゃったら、もうマシュマロはもらえないからね」と言って部屋を出る。

**3**　そして、15分後に戻るまで、子どもの様子を観察する**のである。**

**4**　実験はこれだけだが、子どもたちのその後の成長を追跡調査する**のである。**

**第２段落**

**5**　**すると、**14年後の子どもたちには大きな変化が現れていた。

**6**　４歳のときに、目の前のマシュマロを食べずに我慢して、15分待つことができた子どもは、一般に、周囲への適応力に優れ、困難に対処する能力においても、また、試験の成績においても優れた高校生に成長した。

**7**　**ところが、**我慢できずに１個目のマシュマロを食べてしまった子どもは傷つきやすく、がんこな性格になる傾向が強かった。

**8**　彼らは、ストレスに耐えることができず、困難な問題から逃げようとする傾向が見られた。

**9**　**また、**試験の成績も明らかに劣っていた**のである。**

**第３段落**

**10**　この実験からわかることは、幼児のころの性格が、その後の成長に大きく関係している**ということだ。**

**11**　**つまり、**頭がいいか悪いかといった知能の測定よりも、こういったいわば感情の能力を見極めることの方が、その後の成長を正確に予測できるということ**なのである。**

キーワード　（丸枠）：我慢　困難　耐える　（角枠）：適応力　能力

意見文　「のである。」「ということだ。」

接続詞　「すると、」「ところが、」「また、」「つまり、」

この文章の構成は、次のようになります。
第１段落（１～４）：マシュマロテストの説明
第２段落（５～９）：追跡調査の結果
第３段落（10 ～ 11）：実験からわかること・結論

こうしてみると、問１は第１段落、問２は第２段落、問３は第３段落に、それぞれ対応していることがわかります。そして、それぞれの読解のポイントに注意すれば答えが見えてきます。

文章の内容を簡単にまとめてみると、次のようになります。

「マシュマロテストというのは、子どもの我慢する力を測るテストである。我慢できる子は成長してからも困難に対処する能力が優れているが、我慢できなかった子はそれに劣ってしまう。だから、子どものころの我慢する力を見れば、成長後が予測できるのである」

正解は、問１：**3**、問２：**2**、問３：**4**です。

## 練習問題 8

われわれが現実に暮らしている世界は、実に複雑なものであり、とても理論で割り切れるものではない。こんなことは、一般の人ならだれでも知っている常識だが、科学の分野で、これを説明しようというのが「カオス理論」である。

それまで、自然科学の分野では、数値で計算できないものに対しては、無秩序なものとして、関心を示さなかった。しかし、科学者は、この予測不可能な現象、不規則でコントロール不可能な現象についても、理論化する道を切り開いた。複雑な現実を単純化して、原因と結果の機械的な関係だけでとらえようとするのではなく、不規則性、予測不可能性そのものを理論化する方法を得たのである。

たとえば、天気予報がそうである。明日の天気なら、天気図やさまざまなデータを基に予測できるのに、10日先の天気となると予測不可能になる。また、よく例に挙げられるのがスポーツの試合である。スポーツでは、まずルールが確定しており、選手の能力もさまざまに数値化されており、選手の動きもある程度予測できる。しかし、ちょっとした一つのミスや誤差が、さまざまな要素と複雑にからみあい、次々に予想外の結果を引き起こし、最後には、負けるはずのないチームが負け、勝てるはずのないチームが勝つという結果にいたる。これがいわゆるバタフライ効果である。スポーツは最後まで何が起こるかわからない。予測不可能だからこそ、われわれは試合を見て興奮し、感動するのである。

**問1** 「カオス理論」とはどういうものか。

1　複雑な現実を単純化して、原因と結果の関係で説明する理論
2　複雑な現実を不規則で予測不可能なものとして説明する理論
3　複雑な現実を法則性としてとらえ、その例外を説明する理論
4　複雑な現実を無秩序なものとしてとらえ、対象としない理論 X

**問2** スポーツの試合が予測不可能なのはなぜだと言っているか。

1　弱者でも勝てるようにルールを複雑にしてしまったから
2　わずかな差が複雑に関係して結果を変えるから
3　勝ち負けを決めるのは能力の差ではなく、精神力だから
4　もともと予測不可能なスポーツだけが残ったものだから

**問3** 筆者の考えと合っているものはどれか。

1　本来、結果の予測可能なスポーツなど、あってはならない。

2　スポーツというのは、ルールが守られず、無秩序なものである。

3　スポーツは、バタフライ効果を考慮に入れれば予測可能である。

④　強いチームが勝つとは限らないからこそスポーツはおもしろい。

# 2 経済、ビジネス、国際化、社会問題などをテーマにした文章

## 例題 9

よく言われるように、論理的な思考をする左脳と、想像力を働かせる右脳と、人間はこの両方の脳で考えている。どちらか一方に偏っていては、失敗することも増えて来る。偏りを特徴として捉え、自らに合った仕事を選ぶなら、①それは生きてくるだろうが、ビジネスの世界は甘くない。経営者が極端な右脳人間だったとしたらどうか。たちまち会社は破綻(はたん)してしまうだろう。

だから、経営者は、会社の直面する状況を冷静に分析し、どう対処したらいいか、解決策を一つ一つ具体的に想い描きながら、すなわち左脳と右脳を使い分けながら、最善策を選び取って行かなければならない。事実として左脳と右脳が脳梁(のうりょう)でつながれているように、自分の頭の中で理論を詰め（左脳）、リアルにイメージし（右脳）、左脳と右脳の間の橋を往(い)ったり来たりする。常にそういった思考回路ができていること。②それが会社の経営を左右するのだ。

もしあなたが、どちらかというと論理的な思考は得意でないという自覚があるなら、そういう存在を相談相手として確保すればいい。一人で両方できるに越したことはないが、一人の能力には限界がある。一人にこだわらず、会社組織を有効に利用して、役割分担をし機能させればいいのである。そのためにも、経営者は自分の思考パターンを客観的に自覚できていなければならない。そうした上で初めて、ビジネスで最も大切な自由な発想が得られるのであって、こういったトレーニングの身についていない経営者、あるいは会社組織に新しい価値を産み出すことなどできない相談である。

**問 1** ①それは生きてくるとあるが、何が生きてくるのか。

1　左脳と右脳のどちらかへの偏り

2　論理的な思考と想像力

3　自分の仕事

4　会社の経営

問2 ②それが会社の経営を左右するとあるが、どういうことか。

1 社長を目指すなら、冷静な分析力と具体的な問題解決能力が必要だ。
2 会社経営で大事なのは、左脳と右脳の両方を交互に働かせることだ。
3 経営者が冷静で論理的な人であれば、解決策は自然に見つけられるものだ。
4 経営者が左脳と右脳の両方を使い分けられれば、社員も使い分けられるようになる。

問3 会社経営について、筆者の考えに合っているものはどれか。

1 会社経営で最優先しなければならないのは、右脳を働かせて自由な発想のできる人材の確保である。
2 経営者が左右の脳を使い分けることができて初めて、自由な発想で価値の生産ができるようになる。
3 論理的な思考が苦手な経営者の場合は、社内で論理的な思考の訓練ができるようにするべきである。
4 経営者が自らの思考の偏りを自覚できていれば、必ずしも会社組織として役割分担をする必要はない。

# 例題９　解説

**第１段落**

**1**　よく言われるように、論理的な思考をする左脳と、想像力を働かせる右脳と、人間はこの両方の脳で考えている。どちらか一方に偏っていては、失敗することも増えて来る。

**2**　偏りを特徴として捉え、自らに合った仕事を選ぶなら、①それは生きてくるだろうが、ビジネスの世界は甘くない。

**3**　経営者が極端な右脳人間だったとしたらどうか。

**4**　たちまち会社は破綻(はたん)してしまう**だろう。**

**第２段落**

**5**　**だから、**経営者は、会社の直面する状況を冷静に分析し、どう対処したらいいか、解決策を一つ一つ具体的に想い描きながら、すなわち左脳と右脳を使い分けながら、最善策を選び取って行か**なければならない。**

**6**　事実として左脳と右脳が脳梁(のうりょう)でつながれているように、自分の頭の中で理論を詰め（左脳）、リアルにイメージし（右脳）、左脳と右脳の間の橋を往(い)ったり来たりする。

**7**　常にそういった思考回路ができている**こと。**

**8**　②それが会社の経営を左右する**のだ。**

**第３段落**

**9**　もしあなたが、どちらかというと論理的な思考は得意でないという自覚があるなら、そういう存在を相談相手として確保すれ**ばいい**。

**10**　一人で両方できるに越したことはないが、一人の能力には限界がある。

**11**　一人にこだわらず、会社組織を有効に利用して、役割分担をし機能させればいい**のである。**

**12**　**そのためにも、**経営者は自分の思考パターンを客観的に自覚できてい**なければならない。**

**13**　**そうした上で**初めて、ビジネスで最も大切な自由な発想が得られる**のであって、**こういったトレーニングの身についていない経営者、あるいは会社組織に新しい価値を産み出す**ことなどできない**相談である。

キーワード　（　　）：左脳　右脳　脳　［　　］：経営者　会社　経営

意見文　「だろう。」「なければならない。」「こと（だ）。」「のだ。」「のである。」
「～ばいい。」「ことなどできない」

接続詞　「だから、」「そのためにも、」「そうした上で」

この文章の構成は、次のようになります。

第１段落（１～４）：左脳と右脳の働きの説明

第２段落（５～８）：経営者に必要な左脳と右脳の働かせ方

第３段落（９～13）：具体的なアドバイス・筆者の主張

文章の内容を簡単にまとめてみると、次のようになります。

「ビジネスでは、左脳と右脳の『どちらか一方への偏り』はマイナスである。だから、経営者は、両方を働かせ使い分けなければならない。そのために自分の思考パターンを自覚する必要がある。そうして初めて、自由な発想が得られる」

正解は、問１：**1**、問２：**2**、問３：**2**です。

## 練習問題 9

今のように国際化が進み企業が多国籍化していくと、経済もまたEU（欧州連合）のように、国を越えて経済圏という形態をとるようになる。そうなると、たとえばギリシャのように、一国の経済破綻（はたん）がヨーロッパ全体の経済に影響を与え、さらにそれが遠くアメリカや日本の経済にまで余波を及ぼしてくる。グローバル化した経済は、もはや一国内の問題ではあり得ない。世界全体の関係として成り立っているのである。

そこで、前世紀のように一国の経済破綻（はたん）が戦争を引き起こすといったことのないようにするためには、国際協力が必要となり、富んでいる国が貧しい国を援助する「贈与」の思想が必要となる。人類が核兵器を持つに至った以上、それは避けられない。

一方で、国内において、国外からの経済危機の影響を最小限にとどめるためには、経済の基盤である実体経済を揺るぎないものにしなければならない。経済破綻（はたん）が起きるのは、実体経済から遊離した金融経済の部分である。架空の取引が巨大に膨らんだ末に弾（はじ）けて、被害を世界に撒（ま）き散らすのである。その影響が実体経済に及ばないように、つまり私たちの実生活が被害を受けないようにしなければならない。

そのために、大事なのは、国家を越えた巨大な経済圏に対して、私たちが実際に生活している生活圏という発想である。生活圏の経済を安定したもの、より充実したものに育てていくこと。世界経済、国家経済が危機を迎えてもびくともしないぐらいのリスク管理を備えた生活圏を築くことである。

**問１** 経済破綻（はたん）した国に対して国際協力が必要なのはなぜだと言っているか。

1　豊かな国が貧しい国を助けるのは人道的に当然のことだから
2　国際協力することが被害を最小限に抑える唯一の方法だから
3　経済的な援助は、将来の経済発展のための投資と考えられるから
4　世界に影響を及ぼす経済破綻（はたん）は戦争を引き起こしかねないから

**問２** ここでは経済破綻の原因をどのように説明しているか。

1　企業が多国籍化し、経済がグローバル化したため
2　国境を越えた経済圏が巨大になりすぎたため
3　実体を伴わない取引が拡大しすぎたため
4　経済圏と生活圏の二つが分離してしまったため

**問3** この文章で、筆者が最も言いたいことはどれか。

1　世界の各大陸の経済圏をさらに拡大し、将来は全世界を一つの経済圏にするべきだ。

2　世界経済を安定させるために、金融経済を最小限にし、実体経済を拡大するべきだ。

3　国内の経済危機が外部に及ばないようにし、核戦争が起きるのを避けなければならない。

4　国際面では戦争防止のため「贈与」の思想が、国内では生活圏という発想が重要だ。

# 3 文化や言葉、身近な話題をテーマにした文章

## 例題 10

日本では結婚しない人が増えている。初婚の年齢も、未婚率も上がる一方だ。このままいくと、今の中高生のうち20％くらいが一生結婚しないだろうと予測されている。

しかし、多くの調査結果をみると、結婚したいと思う人はそれほど減っていないことがわかる。未婚者のうち90％の人は結婚を望んでいるのである。個人主義が進む今だからこそ、自分を大事に思ってくれる、長期的に信頼できるパートナーがほしいという欲求は弱まらないということなのだ。

では、結婚したい人が多いのに、結婚しない人が増えているという食い違いは、どうして起こるのか。

まず、異性に対する目が肥えてきたこと。周りに異性の独身者がいても、「理想的な人が現れるまで結婚しなくてもかまわない」と言って妥協しない人が増えてきた。

次に、今の若者が経済的に不安定な状況に置かれていることがあげられる。結婚は、共同生活であり、生活するにはお金が要る。結婚して親から独立すると、共働きでも生活が苦しくなる。ましてや、妻や子を養って豊かな生活ができるほど稼げる男性の数はたかが知れているだろう。

そして、恋人がいても結婚するきっかけがないということ。昔は、結婚を前提としなければ付き合うことができなかった。しかし、現在は、結婚しなくても楽しい恋人関係を続けることができる。事情があって関係が壊れた場合は、また新しい恋人を探せばいいわけだ。つまり、積極的に結婚する理由が見つからないのである。

**問 1** 結婚願望のある人がそれほど減っていないのは、なぜか。

1　結婚する年齢が遅くなり、独身の人も増えているから
2　中学生・高校生のうち一生結婚できない人は５人に１人程度だから
3　未婚者の中には、個人主義の人が 90％も存在するから
4　自分のことを理解してくれ、信頼できる人が必要だから

**問2** 結婚したい人が多いのに、結婚しない人が増えている理由として正しいものはどれか。

1 一度結婚してしまうと、夫と妻の両方が働くことはできなくなるから
2 まだ若いうちは、なかなか経済的に安定した生活ができないから
3 今では、結婚を前提とする人は、恋人ができなくなってしまったから
4 恋人がいても、仕事が忙しくて、なかなか結婚する余裕がないから

**問3** 異性に対する目が肥えてきたとあるが、どういうことか。

1 結婚相手として男性、女性を選ぶ場合の水準が高くなったということ
2 周囲に独身の人が増えて、いつでも結婚できるようになったということ
3 独身の異性同士が、出会うチャンスが少なくなってしまったということ
4 自分にとって理想的な人とは、わざわざ結婚する必要がないということ

## 例題 10　解説

**第1段落**

**1** 日本では結婚しない人が増えている。初婚の年齢も、未婚率も上がる一方だ。

**2** このままいくと、今の中高生のうち 20%くらいが一生結婚しないだろうと予測されている。

**第2段落**

**3** **しかし、**多くの調査結果をみると、結婚したいと思う人はそれほど減っていないことがわかる。

**4** 未婚者のうち 90%の人は結婚を望んでいる**のである。**

**5** 個人主義が進む今だからこそ、自分を大事に思ってくれる、長期的に信頼できるパートナーがほしいという欲求は弱まらないということ**なのだ。**

**第3段落**

**6** **では、**結婚したい人が多いのに、結婚しない人が増えているという食い違いは、どうして起こるのか。

**第4段落**

**7** **まず、**異性に対する目が肥えてきたこと。

**8** 周りに異性の独身者がいても、「理想的な人が現れるまで結婚しなくてもかまわない」と言って妥協しない人が増えてきた。

**第5段落**

**9** **次に、**今の若者が経済的に不安定な状況に置かれていることがあげられる。

**10** 結婚は、共同生活であり、生活するにはお金が要る。結婚して親から独立すると、共働きでも生活が苦しくなる。

**11** ましてや、妻や子を養って豊かな生活ができるほど稼げる男性の数はたかが知れている**だろう。**

**第6段落**

**12** **そして、**恋人がいても結婚するきっかけがないということ。

**13** 昔は、結婚を前提としなければ付き合うことができなかった。

**14** **しかし、**現在は、結婚しなくても楽しい恋人関係を続けることができる。

**15** 事情があって関係が壊れた場合は、また新しい恋人を探せばいいわけだ。

**16** **つまり、**積極的に結婚する理由が見つからない**のである。**

この文章の構成は、次のようになっています。

第１段落（１～２）：未婚者、独身が増えているという事実の説明

第２段落（３～５）：しかし、結婚願望はあるという事実の説明とその理由

第３段落（　６　）：問題提起　結婚願望はあるのに結婚しないのはなぜか

第４段落（７～８）：理由１　異性に対する理想が高くなったから

第５段落（９～11）：理由２　経済的な不安があるから

第６段落（12～16）：理由３　積極的に結婚する理由もきっかけもないから

この文章では、第２段落に意見があって、あとは、質問とその理由説明になっています。段落構成が理解できれば、答えもわかってきます。

正解は、問１：**4**、問２：**2**、問３：**1**です。

## 練習問題 10

生まれたばかりの赤ちゃんにとって、「くちびる」はとても大切なものである。赤ちゃんはくちびるを使って、母乳を吸収する。①くちびるが使えるかどうかは、命に直結する問題なのである。そして、赤ちゃんはおなかがすくと、母乳を求め母を呼ぶ。そのとき、自然に母乳を飲むときの口の動きで、くちびるを使った発音をする。これがいわゆる「両唇音（りょうしんいん）」であり、日本語では、「まんま」と発音する。そして、これがいつか「ごはん」を意味する「おまんま」という言葉へ変わっていくのである。

この日本語の「おまんま」を辞書で引くと、「ご飯」の意味だと書いてある。これは、しかし、大人にとっての意味であって、赤ちゃんにとって「ご飯」は母乳にほかならない。つまり、「まんま」は母乳を求める発声であり、それはそのまま母を求める声である。

実は、②これは日本だけの話ではなく、世界共通の事情であり、ほとんどの国の「母」を意味する言葉には、この両唇音（りょうしんいん）がふくまれている。たとえば、英語の「mama」がそうであり、中国語の「媽媽」がそうである。どちらも日本語のカタカナで書けば「ママ」となるのである。

言語学では、一般に、言葉の誕生は偶然のものであり、たとえば日本語で自分のことを「わたし」と呼ぶことに必然性はないと考えられている。しかし、母を意味する言葉に「両唇音（りょうしんいん）」がふくまれるということだけには、世界共通の必然性があると言えるのではないだろうか。私にはそう思えてならない。

**問1** ①くちびるが使えるかどうかは、命に直結する問題とあるが、どういうことか。

1　くちびるを使えないと母乳を飲むことができず、死んでしまうこと
2　赤ちゃんは母乳を飲むときのように、くちびるを使って発音すること
3　日本語では、「まんま」という発音は、「ご飯」を意味すること
4　赤ちゃんはおなかがすくと、母親を求めて大きな声で泣くこと

**問2** ②これは、何を指しているか。

1　「おまんま」という言葉は、大人が使うものだということ
2　「まんま」の意味がご飯であることは世界共通だということ ⇒没有共通。
3　母を意味する言葉に両唇音がふくまれていること
4　母を意味する英語と中国語の発音が似ていること

**問3** 筆者の考えとして、正しいものはどれか。

1　どの国の言葉も偶然に生まれたもので、必然性があるとは言えない。

2　偶然の産物のように見えるが、実は、どの言葉にもそれぞれ必然性がある。

3　母を意味する言葉はもともと一つであり、それが世界に広がっていった。

4　日本語の「わたし」に必然性はないが、「まんま」には必然性がある。

# 内容理解(中文)　復習問題

## 問題 1

日本の伝統的なサラリーマン文化はもはや過去のものとなってしまったのだろうか。仕事が終わった後で同僚といっしょにビールや酒を飲むことは、日本のサラリーマンの日課の一部だった。かつて、課長からの誘いは、部下にとってはある意味絶対的なもので、断れるものではなかった。しかし、今の若い世代は、それよりも社外の友人たちと過ごす方を選ぶ。上司の誘いを簡単に断って、平気でいられる。予定を変えることは考えもしないのだ。

ある大手証券会社の部長（49）は、「私の部署の若者は、私と飲みに出かけることを残業だと考えているようだ」と嘆く。また、年に一度の社員旅行を行う会社も減ってきていると言う。

「自分の週末をどうして上司や同僚と温泉で過ごさなければならないの？」と語るのはある貿易会社の女性社員（28）。「それで、私たちの部署は、伝統的なサラリーマン文化をやめるように決めたんです。」と。

情報通信の発達した現代社会では、ソーシャル・ネットワークを利用して簡単に友だちの輪を広げることができる。個人を中心に、世界と関係を結ぶことも可能になっている。会社の内部だけの閉じられた人間関係に縛られるのは、可能性を放棄するようなものだろう。家族、友人、学校、会社の基本的な関係以外にも多様な人間関係を結ぶようになった現代人は、同時に、あふれる情報をただ受け取るばかりではなく、ブログなどによって自分から情報を発信する側にもなっている。一日の時間が限られている以上、当然、時間は有効に使わなければと考えるのはしかたのないことなのだろう。

**問 1**　ある貿易会社の女性社員が言う「伝統的なサラリーマン文化」とは、何か。

1　仕事が終わって上司や同僚とお酒を飲むこと
2　会社全体で出かける社員旅行のこと
3　上司と飲みに行くことも仕事だと考えること
4　上司からの誘いには黙ってしたがうこと

**問2** 筆者は、日本の伝統的なサラリーマン文化が過去のものとなった原因をどのように考えているか。

1　余分な経費を削らなければならなくなったから
2　民主主義が社会全体に広まったから
3　人間関係が多様になったから
4　男女の差別がなくなったから

**問3** 筆者の考えと合っているのはどれか。

1　伝統的なサラリーマン文化の良い点は今後も継承していくべきだ。
2　伝統にこだわらず、若い世代は新しい文化を築いていくべきだ。
3　個人の自由を尊重しすぎると、企業文化が衰退する恐れがある。
4　現代人の生活が変わった以上、企業文化の変化もやむをえない。

## 問題 2

鉄の風鈴というと、お寺の鐘を小さくしたようなものを連想するが、火箸(ひばし)でできた風鈴がある。鋼鉄の火箸(ひばし)を４本ぶら下げてその真ん中に薄い歯車のような形をした振り子が下げてあり、風が吹くとその鉄の振り子が周りの４本の鉄の棒に触れて絶妙な涼しい音を響かせる。4本は形が異なり、その組み合わせで音がまた複雑になる。この風鈴の考案自体はまだ半世紀前のことだが製鉄の技術は先祖代々受け継がれ現在で52代目になるという伝統の技だ。その独特の音は内外の有名なミュージシャンが注目するほどで、鉄の棒を炉で熱する温度の調整や、形を整えるために熱した鉄を鎚(つち)で打つのだがその打つ回数で、音の響きが微妙に変わってくるため、全てを熟知した職人の手によるほかはなく生産の機械化は不可能なのだそうだ。また、その微妙な響きは科学的な解明もできていないという。1900年にも及ぶ技術の継承がそれを可能にした。まさに神業だと言えよう。

人間の手が作り出した奇跡の音は、だからこそ人々の胸に響き、心を癒やす。音を追究し、技を追究し、それが火箸(ひばし)の風鈴という形に結晶したのだ。人間が築き上げてきた文化というものは、このような技術の積み重ねに支えられている。実は、私たちの周りにもそのような伝統技術はたくさん残っている。ところが、それを気づかなくさせているのが、何でもコンピュータの計算で割り切ろうとするデジタル思考ではないか。それは個人を伝統から切り離し、無力化しているように思えてならない。

**問１**「火箸(ひばし)の風鈴」の説明として正しいものはどれか。

1　５本の箸(はし)の形をした鉄の棒（長４本と、短１本）が相互に触れあって音を奏でる。
2　風鈴の創作自体は約50年前だが、製鉄技術の伝統は約1900年にも及ぶ。
3　４本の鉄の棒は機械のように正確に計算されて作られているので常に同じ音を響かせる。
4　世界的な音楽家の協力を得て、絶妙な余韻を残す響きを作り出すことができた。

**問２**「火箸(ひばし)の風鈴」の生産の機械化が不可能なのはなぜか。

1　絶妙な音の響きを出すには、神への信仰を必要とするから
2　その複雑な音の響きを解明できる科学者が日本にはいないから
3　極めて高価な機械を必要とし、採算が取れなくなるから
4　製作過程の微妙な調整は職人ならではの技術を要するから

**問3** 筆者の考えと合っているものはどれか。

1　長い時間をかけ築いてきた伝統技術が、現代人に見えなくなっているのは問題だ。

2　あちこちに埋もれている伝統技術を発掘し、現代によみがえらせなければならない。

3　コンピュータによる最先端の科学技術と受け継がれてきた伝統技術は両立できない。

4　人間の研ぎ澄まされた感覚があれば、コンピュータによる科学技術は必要ない。

## 問題３

普通、学校の成績が良ければ将来が約束されると思いがちだが、だれが将来成功するか予測する場合は、あまり役に立たない。学校の成績と将来の成功を結びつけるのは困難であり、むしろ例外のほうが多いくらいである。

学校で行われるテストの成績が人生における成功の要因として占める割合は20％程度に過ぎない。残りの80％は、他の要因で占められている。例えば、サラリーマンの最終的な地位は、ほとんどテストの成績とは関係のない要因によって決定されるのである。

だからといって、成績がまったく参考にならないというわけでもない。高校の１年生で、どんなにがんばっても、数学のテストが毎回クラスの平均点以下しか得点できない人は、数学者になろうとしないほうがいいだろう。しかし、自分で会社を経営したり、国会議員になりたいのなら、夢をあきらめるべきではない。

考えてみてほしい。高校で社長になるための勉強をするだろうか。そうではないし、また歌手になるための方法を先生が教えてくれるわけでもない。高校３年間で習うのはごく一般的な知識に過ぎない。それが役に立つのは、せいぜい大学に進学するときだけと言っていいだろう。いい大学に入っていい会社に入るためだけなら、高校の成績が大事だというのもわかるけれど、本当の人生はそれから先に待っている。そこから先の道は自分独りで試行錯誤しながら切り開いていかなければならない。人間関係も大事だし、運も左右するだろう。他の要因が大きいというのはそういう意味なのだ。

**問１** 学校の成績が、その後の人生ではあまり役に立たないのは、なぜか。

1　学校の成績と将来の成功は、まったく関係がないから
2　学習能力は、むしろ学校を卒業した後の方が伸びるから
3　学校で行われるテストは、信頼のおけないものだから
4　成功を可能にするのは、学校の成績に限らないから

**問２** 学校の成績が参考になるのは、どういう場合か。

1　いくら努力しても、成績が少しも上がらない場合
2　サラリーマンではなく、自営業を志望する場合
3　大学に進学し、研究者の道を志望する場合
4　国民の生活を守るために政治家を志す場合

**問3** 夢をあきらめるべきではないとあるが、なぜだと筆者は言っているか。

1　夢をあきらめたら、成功の可能性はなくなってしまうから

2　夢をかなえるには成績以外の要因が大きいから

3　成功するかどうかを決めるのは、学校の先生ではないから

4　主に人間関係と運の良さがその人の成功を決定するから

## 問題 4

「ディスコミュニケーション」というのは和製英語で、コミュニケーションが取れない、コミュニケーション不全の状態を表すが、昔なら「世代間の断絶」といった意味に近いのだろう。今では、親子の話が通じないというだけでなく、同じ世代でも趣味が違ったり専門が違ったりすれば話が合わず沈黙がちになる。ディスコミュニケーションは至るところで起きている。日本人だと思って声をかけたら、わけのわからない外国語で返されることもあるし、街を歩いていて「ここはいったいどこの国なんだ！」と思うほど、外国語があふれていることもある。むしろ、私たちはディスコミュニケーションの社会を渡り歩いて、コミュニケーションへの道を模索していると考えたほうがいいのではとさえ思う。

先日も若い友人に「ディスコミュニケーションについて、どう思うか」とたずねたら「あれ、けっこう好きなんですよね」と言うから、変だなあと思いながら聞いていたら「ぼく、ちょうど高校生の頃だったから、いっしょうけんめい読んでたんですよ」と言う。何のことはない。マンガの話だった。これもディスコミュニケーションの一例だと二人で笑った。

人と人が本当に理解しあえるとは思わないけれど、こうして見ると、つくづく現代人は孤独だなあと思う。いっしょに暮らす家族がいたって、そうなのだ。本当に細い細いコミュニケーションの糸を頼りに生きているのがわかる。その糸が切れてしまったら……世間を騒がす事件は、きっとそこら辺から起きているのだろう。

**問1** 「ディスコミュニケーション」の説明として正しいのはどれか。

1　例えば電話が通じないときのように、物理的に連絡が取れないこと
2　相手が同じ日本人で、同じ世代の人でも、相互に意思の疎通ができないこと
3　特に父親と年ごろの娘との間で話が合わなくなり、家族のきずなが切れること
4　外国人が増えて、実生活上でも日本語を話す人がいなくなってしまうこと

**問2** これもディスコミュニケーションの一例だとあるが、どういうことか。

1　筆者は「ディスコミュニケーション」というマンガを知らなかったこと
2　ディスコミュニケーションに対する二人の意見が違うこと
3　二人の話す内容が違っていて話が通じなかったこと
4　二人はお互いに信頼していないとわかったこと

**問3** 「ディスコミュニケーション」について、筆者はどのように考えているか。

1　孤独な現代人は、他人とのコミュニケーションを探りながら生きている。

2　凶悪犯罪が原因で、現代社会はディスコミュニケーションの状態になってしまった。

3　ディスコミュニケーション社会に至った責任は、全て親子間の理解不足にある。

4　ディスコミュニケーションは本来人間が理解し合えない存在であることを示している。

## 問題5

よく日本人は「本音」と「建前」が違うので、わかりにくいと外国人から言われる。日本人の女性をお茶に誘ったら、「また、今度……（誘ってください）」と言われ、次に誘ったら、いやな顔をされた、と言うのはよく聞く話だ。はっきりダメだと言えないことが問題なのではなく、本音と反対の言葉を発することが問題なのである。それが日本人の間では常識になっていて、相手にとっては「うそ」を言っていることになることを自覚していない。特に、「イエス（Yes＝はい）」、「ノー（No＝いいえ）」をはっきり答える欧米人には理解しがたいことだろう。「本音」に対して、「本心」という言葉がある。「本音」があくまでも「建前」と対になった言葉であり、「『本音』を隠す」とか「とうとう『本音』を吐いた」とかマイナスのイメージを持つことが多いのに対し、こちらは、「あえて厳しい態度をとった父の『本心』を子どもは理解していた」などと、ある言動をとった人の本当の気持ちという意味で、特別な意味はない。

つまり、「本音」には、本当のことを言えない、言ってはいけないという規制の意識があって、日本人の心を屈折させていると言える。ここが外国人にはわかりにくいのである。が、たとえば、戦争に負けた日本がアメリカに占領されていたころのことを考えるといいだろう。負けた国の国民は勝った国に対して言いたいことを言えなくなるものだ。それはだれも否定しないだろう。そんな屈折した心性を日本人は歴史の中でずっと抱えてきたのだと言えよう。

**問1** 筆者は、本音と建前が違うことについて、何が問題だと言っているか。

1　欧米人に対して失礼であること
2　はっきり断ることができないこと
3　自分のうそに気づいていないこと
4　日本人の常識は信用できないこと

**問2** 「本音」と「本心」は、何が違うと言っているか。

1　規制の意識があるかないか
2　「本当の気持ち」を表す真剣さの程度
3　言っていることが真実かどうか
4　マイナスのイメージを持つか、プラスのイメージを持つか

**問3** 筆者は、日本人が本音を言わないことについて、どのように述べているか。

1　国際社会では誤解を生む原因となるため直したほうがいい。

2　日本人でさえ自覚していないのだから外国人が理解できないのは当然だ。

3　次の戦争に勝つことで、相手を否定できるようになるだろう。

4　歴史の中で身につけた屈折した心性によるものだ。

## 問題 6

2005年の「世界人口白書」によると、現在、世界の人口は約65億人で、2050年には90億人を超えると予測している。そのうち半分近くの約30億人は25歳未満で、今日の若者世代は史上最大規模となっている。しかし、その15～24歳の若者12億人のうち5億人以上が、1日2ドル以下で生活しており、貧困状態におかれ雇用の見込みもないと言う。家族の生活を支えるため、また妊娠や結婚のために、十分な教育を受けないまま学業を断念せざるを得ない若者も数多くいる。大勢の青少年がこのような状態であることが、①いつまでも続く社会不安の原因となっているのだ。

そこで、白書が強調しているのは、②男性からの協力である。もちろん、直接差別を受け被害を受けている女性への投資と教育が必要であることは言うまでもない。今でも、男性の2倍近くの女性が読み書きができず、最貧困地域では、学校に通っていない女子が多く、男子との格差は中等教育の段階になるとさらに拡大する。これが実態である。しかし、男性の存在なくして、女性の妊娠・出産もありえないように、この世から女性への差別をなくすためには、男性の協力なくしては実現不可能なのである。女性への差別は、現実の社会を支えている男性中心の考え方が生み出しているからにほかならない。

毎年、出産前の性の選別、乳児殺し、育児放棄によって、アジアを中心に、少なくとも6000万人の女児が「消失」している。日本の人口の半分が毎年消えていることの責任を世の男性は自覚するべきであろう。

**問1** 筆者は、何が①いつまでも続く社会不安の原因だと言っているか。

1　世界人口が爆発的に増え、特に若者世代が史上最大規模で増大していること
2　労働可能な若者のうち5割以上が失業状態にあること
3　若者の多くが貧困で教育を受けられない状態にあること
4　若い女性の多くが結婚や妊娠のため学業を続けられないこと

**問2** なぜ②男性からの協力が必要なのか。

1　最貧困地域での学校教育の実態は、明らかに男性の方が優位であるから
2　直接差別を受け被害を受けている女性への投資と教育が必要であるから
3　現実の社会を支えている男性中心の考え方を変えなければならないから
4　女性への差別をなくす責任は、差別される側ではなく差別する側にあるから

**問3** この文章で筆者が言いたいことはどれか。

1　何よりもまず人口の増大を止めるために、女性差別をなくさなければならない。

2　女性差別を撤廃することで、今後世界の人口増大はさらに加速するだろう。

3　貧困や不平等をなくすには男性の協力が不可欠であり、その責任は大きい。

4　男性中心の考え方を改めるため、日本の男性は責任を自覚しなければならない。

## 問題 7

かつて日本の会社では、終身雇用制度によって、社員は会社の利益のために個人を犠牲にすることを要求されてきた。その代わり、会社は社員を「家族」のように考え、社員が忠実である限り、定年退職までクビにすることはなかった。

ところが、このシステムに変化が見られるようになり、特に今世紀に入ってからは「日本の会社員の60%が、チャンスが来れば会社を替わりたいと思っている」という調査結果も示されている。20代の会社員は、仕事がおもしろくないとか、自分の能力を生かせないという理由でよく転職する。30代で転職する人は、会社の方針や上司の考え方と合わないからとよく言う。会社よりも個人の生き方が優先される時代になったということだろう。

①この傾向は、②会社にとっても都合がいい。会社としては、不景気の上、価格競争は激しさを増すばかりで、経費削減を迫られるため、人件費を抑えざるを得ないのだ。そのため、正社員を減らし、非正規雇用を増やすことになる。期間限定の契約社員や派遣社員を増やすことで、同じ仕事をしても正社員より給料を安くすることができるし、退職金も払わなくて済む。

ただ、このような会社の効率化が会社の質を高めるかどうかは疑問である。再生産しかしない会社ならともかく、新しい価値を産み出そうとする会社が社員を機械のように扱うのが果たして進歩と言えるのかというと、どうみてもそんなことはあり得ないのである。

**問1** ①この傾向とあるが、どういうことか。

1　会社が社員の家族を犠牲にして、会社の利益を優先する傾向
2　一度就職すると定年まで同じ会社で働き続ける傾向
3　社員が会社に対して権利を主張する傾向
4　若い社員が個人の都合で転職する傾向

**問2** ②会社にとっても都合がいいとあるが、なぜだと言っているか。

1　能力の低い社員は、すぐに辞めてもらうことができるから
2　非正規雇用を増やし、人件費を減らせるから
3　有能な社員だけを社員にすることができるから
4　会社に合わない社員は会社の利益にならないから

**問3** 日本の会社の傾向について、筆者はどのように述べているか。

1　会社の将来にとって、良いこととは言い難い。

2　生産性を高めるためにはやむを得ないだろう。

3　効率を上げるためには機械化が最も効果的だ。

4　仕事の効率化と、質の向上の両方を目指すべきだ。

## 問題 8

あなたは自分の名前について、どう感じているでしょうか。

たいていの親は、その時代の流行に左右されて、他人から見たらおおげさで、まるでマンガの主人公のようなかっこいい名前をつけたがるものです。男の子だったら「翼」とか「鳴門(なると)」とか「剣心(けんしん)」など。女の子だったら、「映美（＝エイミー）」や「有沙（＝アリサ）」など将来国際人として活躍することを想定して英語名の発音に近い名前をつける場合が増えているそうです。親ばかで、勝手な名前をつけて嬉(うれ)しがっている姿は、それはそれでほほえましいものだし、いいかげんな名前に見えても、そこには、そのときの親の生活や心情が表れていて、なにか強い必然性を感じさせます。

ところが、本人はどうかというと、「親の心、子知らず」で、せっかくの名前に満足し誇りに思っている人は、案外少ないのではないでしょうか。気に入らなければ、改名する自由と権利を主張する人も中にはいるでしょう。ほんとうにペンネームに変えてしまう人もいるでしょう。

わたしは、けれども、名前に対するそうした親の思いを大切にしたいと考えています。大切にするというか、そこには生まれてからずっと、その時その時の感情を込めて、わたしの名を呼んだ親の存在があって、それを消し去ることはできません。それはわたし自身の根底に関わることだからです。もし、自分の名前がどうしてもしっくりこなくて、好きになれない人がいたとしたら、それは不幸なことではないでしょうか。自分の名前を否定するということは親との関係を否定するということになるからです。人は他者から名前を呼ばれて初めて自分をしっかり認めることができるわけで、それがなければ心の安定はけっして得られないでしょう。

**問 1** 最近の女の子の名前について、どんな特徴があると言っているか。

1　流行の影響を受けて、歌手や俳優のような名前が増えている。
2　国際社会で通用するように、英語を使った名前が増えている。
3　国際感覚を表すために、カタカナを使った名前が増えている。
4　漢字をカタカナにすると英語の発音に近い名前が増えている。

**問 2** そうした親の思いとあるが、どのような思いか。

1　子どもの心とは全く反対で、せっかくつけた名前に満足していないということ
2　子どもに有名人の名前をつければ、有名になれると単純に考えていること
3　子どもが生まれたときの生活や心情を子どもの名前に表して喜んでいること
4　子どもが気に入らなければ、名前を変えてもよいと考えているということ

**問3** この文章で、筆者が言いたいことはどれか。

1　自分の名前は自分で考えるべきで、親の責任にするのはまちがっている。

2　名前を変えるのは個人に認められた権利だから、自由に変えるべきだ。

3　名前を変えても親の存在は消えないのだから、名前を変えるべきではない。

4　名前には親の気持ちが込められており、それが自分の心の状態を決している。

## 問題 9

日本にも社員の幸福を追求する会社がある。間違えないでほしい。会社の利益でも株主の利益でもない。「社員の幸福」を追求するのである。

その会社は、内部留保をゼロにして、つまり、会社の利益は社員に分配して、会社にお金を残さないようにするため、冬のボーナスが400～500万円にも及ぶというから驚きだ。普通の会社なら社員の年収に当たる額である。当然、銀行からの借り入れもゼロということになるが、それでは、新しい店舗を出すというときにはどうするかというと、社員から出資を募るのだという。みんな高いボーナスで余裕があるし、銀行に預けるよりは利率が高いので、すぐに何千万円というお金が集まるのだそうだ。

また、社内ではネットワークを通じて徹底的な情報公開が行われていて、会社の経営状況を始め、社長も含め社員全員の給料もすべて社員に公開されている。それだけではない、一人一人の出資額や会社への貢献度など人事評価まで公開されている。社内で発生した問題もネットに載せるとだれかがすぐに解決策を提示してくれるし、新しい企画についても、ネットに公開して3日間だれからも異議がなければ、即決定となるため、この会社には、課長や部長などの中間管理職が存在しない。いちいち稟議書(りんぎしょ)を書いて上司の判子をもらう必要もないのだ。このシステムを作った初代の社長は、「情報公開することで独裁者を作らなければ会社は長続きします。公開できないというのは、公開すると大変な問題になるからできないだけだ」と言ってのける。何もやましいことがなければできるはずだ、と。

社員の幸福を追求すれば、こんな理想のシステムを作ることも可能なのである。

**問1** この会社は、どうして内部留保をゼロにできると言っているか。

1　銀行からお金を借りないようにしているから
2　新しい店舗をなるべく出さないようにしているから
3　資金がなくなったら社員に借りることにしているから
4　会社の利益は社員に分配するようにしているから

**問2** この会社に中間管理職が存在しないのはなぜか。

1　社員の給料も人物評価もすべてネット上に公開されているから
2　社内の決定はネットを通して社員同士で行っているから
3　稟議書(りんぎしょ)もネットで処理するため判子を押す必要がないから
4　社長以外の社員の給料はすべて平等に分配されているから

**問3** ここでは、この会社が徹底的な情報公開をするのはなぜだと言っているか。

1　むだな仕事や会議を省いて、時間と経費の節約ができるから

2　公開すれば社長も独断で物事を進められず、会社が長く続くから

3　都合のいいことだけ公開するのでは社内の信頼関係は築けないから

4　社員が意見を自由に言えない会社は社員を不幸にしてしまうから

## 問題 10

漢字の「思」という字は、本来、上半分は頭脳を上から眺め、脳が四つに分かれている様子を表し、下半分は心臓を表したもので、五つの血管が心臓に出入りする様子を表していると言われる。つまり、「脳＝あたま」と「心臓＝こころ」の両方を組み合わせた文字というわけで、頭が心の声に耳を傾けているところを描いた、まことに本質的な象形文字なのである。「あたま」だけを働かせるのでなく、「こころ」も働かせる。でないと、「思う」ことはできない、ということだろう。

考えてみれば、大都市での生活は、お金や時間の計算に追われ、頭を働かせることばかり、どこをみても考える人ばかりで、気がつけば情報の海の中で溺れそうになっていることさえある。そんなに忙しく頭を回転させている人々の中で、じっと、もの思いにふけっている人がいたら、それこそ「頭がおかしい」のではないかと疑われかねない。それほど心の声は聞こえにくくなっているということだ。毎日毎日、忙しく働き、仕事が終われば付き合いで帰宅が遅くなり、休みの日は家庭サービスで子どもをあちこち連れて行かなければならなくて、自分の気持ちは押し殺され……。私たちは、心が悲鳴を上げているのに、耳にふたをして平静を装っているだけなのではなかろうか。

もちろん社会人として、理性で感情をコントロールすることも大事だろうが、心の働きを無視し続ければ、いずれ精神のバランスを崩してしまうだろうということを、「思」という字の成り立ちは教えてくれている。

**問1** 「思」という字の説明として、正しいものはどれか。

1　「頭」と「心」という漢字の意味を組み合わせたもの
2　「頭」と「心」という漢字の音を組み合わせたもの
3　脳と心臓の形を組み合わせたもの
4　脳と心臓の二つの機能を表したもの

**問2** 耳にふたをして平静を装っているとあるが、どういうことか。

1　心の声を聞こうとせず、平気なふりをしているということ
2　常に頭の中で計算をしていて、休む暇もないということ
3　「頭がおかしい」と言われても、聞こえないふりをしていること
4　身体を動かさず、じっと心の声に耳を傾けるということ

**問3** 筆者の意見と合っているものはどれか。

1 「思」という字は、精神のバランスを取るには理性が大事だと教えてくれる。

2 「思」という字は、現代人に心を働かせることの大事さを告げている。

3 社会人として認められるには、頭よりも心を働かせなければならない。

4 大都市の生活には頭の回転の速さが必要だが、たまにはじっくり考えたほうがいい。

# 3 内容理解(長文)・主張理解

問題10と問題12は、1000字程度の長い文章が出題されます。

問題10は、「内容理解」を問う問題で、文章のテーマと問いはだいたい次のような特徴があります。文章の事実関係とその説明を中心に出題されます。

**テーマ：科学、心理学、哲学的な内容**

**問い：① 語句の意味**

例 ～とはどういう意味か。

これは何を指すか。

～とあるが、どういうことか。

**② 語句の説明**

例 筆者の言う「体験」とは何か。

信じがたい話だとあるが、何が信じがたいのか。

**③ 文章の内容**

例 ～する目的は何か。

この文章では、事件について何を説明しているか。

**④ 筆者の考え**

例 筆者は「病気」をどのようなものと考えているか。

筆者がこの実験を通してわかったことは何か。

問題12は、「主張理解」を問う問題で、筆者の意見を問う問題が必ず出題されます。また、理由を問う問題も必ず出題されます。

**テーマ：環境や生物の生態について、経済・社会問題など**

**問い：① 語句の意味・説明**

例 ～とあるが、どういうことか。

そことは何を指すか。

究極の選択として筆者が挙げているものは何か。

**② 理由**

例 筆者によると～のはなぜか。

筆者は、なぜ～と述べているか。

〜理由として最も適当なものはどれか。

**③　内容説明**

例　筆者は、日本人はどのような考え方をしていると言っているか。

群集心理の説明として、本文の内容と合っているものはどれか。

**④　意見・主張**

例　この文章で、筆者が最も言いたいことはどれか。

景気対策として、筆者はどうすればいいと述べているか。

２つの問題を比較してみると、テーマについては、以下の内容の文章がよく出ると考えていいでしょう。問題10か12か、どちらに出るかはわかりません。

**1　科学的な文章、特に植物や動物の生態について**

**2　心理学的なテーマ、哲学的なテーマ**

しかし、問いにはある程度の傾向があります。

**1　語句の意味・説明についての問いは、必ず出る。**

**2　文章の内容について、筆者の考えについての質問も必ず出るが、問題10と12では、質問の形式が少し違う。**

**3　理由と筆者の主張についての質問は、問題12で必ず出る。**

「読解のポイント」に加え、以上のポイントに注意して、一つ一つの段落を確認しながら読んでいきましょう。そして、中文の問題のときのように、全体の構成を理解することが大事です。

# 1 内容理解（長文）

## 例題 11

生物は、目に見えないほど小さな細胞からできており、その細胞の一つ一つに含まれているDNAの情報によって、一つ一つの細胞の機能が決定され、生物は個体として成長し、生殖し子孫を残した後は、個体としての生を終えるようにプログラムされている。

このことは、体長約１ミリの線虫を観察するとよくわかる。この「C.エレガンス」と呼ばれる虫の細胞の数は959個（雌雄同体）であり（雄は1031個）、１個の受精卵が、細胞分裂を繰り返し、神経や腸や筋肉を形成していく過程が研究によって調べ尽くされている。どの細胞が後に神経に変わっていくのか、どの器官を形作るのか全てわかっているのである。

そして、それを調べる過程で、生命のプログラムは、単に成長を進めるためだけにあるのではなく、そこに細胞の死をも含んでいたことがわかってきた。例えば、カエルの子のオタマジャクシが成長すると、魚のような体に足が生えてきて、代わりにしっぽがなくなっていく。あるいは、人の胎児の場合も最初は手足の指が水鳥の足の水かきのようにつながっていて、それが指と指の間の部分の細胞がきれいになくなっていって、初めて独立した５本の指ができる。

このように、あらかじめDNAによってプログラムされている細胞の死をアポトーシスという。役目を終えた花が枯れ、秋になって木の葉が散るのもアポトーシスであり、生命を維持するために、古くなった細胞が処理され新しい細胞と入れ替わるのもアポトーシスの作用である。これに対して、外部から受けた傷や火傷（やけど）などによる細胞の死はネクローシスと呼ばれる。

このアポトーシスはあくまでも細胞レベルでの話であるが、これを人間の個体レベルまで広げて考えたら、どうだろうか。時が来れば死滅するという意味では、老化もまた緩慢なアポトーシスと言えるだろう。人間もまた一つの生命として先天的に寿命をプログラムされているわけだから、いわゆる老衰死はまさにアポトーシスの現れということになるだろう。

ここで、その人間の寿命が現代社会ではどんどん延びてきていることに思い至る。ということはつまり、人間という生命体は、あらかじめ設定された寿命というプログラムを書き換えていることになるのではないか。人類の平均寿命は20世紀の100年間で31歳から66歳へと倍以上に延びている。日本に限っても44歳から81歳へと２倍近くにまで延びているのである。

もちろんそれには、生活環境における危険の減少と医療の発達という要因も大きいのだろうが、今後、アポトーシスのメカニズムを解明していくことで、さらに人間の寿命が延びていくことが予想される。

**問1** そこは何を指すか。

1　線虫を調査する過程

2　生物が成長する過程

3　形成された器官

4　オタマジャクシの足

**問2** アポトーシスの例として正しいものはどれか。

1　人の髪の毛はだいたい６年から７年で生え替わる。

2　移植した臓器がその人に適合しない場合、死ぬことがある。

3　極度のストレスを受けた人は食事もとれなくなる。

4　雪山で遭難した人の手や足の指が凍傷で壊死（えし）してしまう。

**問3** 筆者は、人類の平均寿命が延びた要因についてどのように考えているか。

1　アポトーシスの研究が進んだおかげである。

2　もともと人類は寿命が延びるようにプログラムされていた。

3　医療の発達によるものとしか考えられない。

4　寿命のプログラムに変化があったのではないか。

**問4** 筆者は、アポトーシスについて、どのように考えているか。

1　研究を進めてアポトーシスの機能をなくさなければならない。

2　人間はアポトーシスをうまく調節できる生物である。

3　アポトーシスの研究が人類の寿命を延ばすかもしれない。

4　アポトーシスは先天的に設定されたもので変更不可能である。

# 例題 11　解説

まず、文章の大事な所に下線を引きましょう。具体例や、説明をくり返した部分は省略できます。

生物は、目に見えないほど小さな細胞からできており、その細胞の一つ一つに含まれているDNA の情報によって、一つ一つの細胞の機能が決定され、生物は個体として成長し、生殖し子孫を残した後は、個体としての生を終えるようにプログラムされている。

このことは、体長約１ミリの線虫を観察するとよくわかる。この「C. エレガンス」と呼ばれる虫の細胞の数は 959 個（雌雄同体）であり（雄は 1031 個）、１個の受精卵が、細胞分裂をくり返し、神経や腸や筋肉を形成していく過程が研究によって調べ尽くされている。どの細胞が後に神経に変わっていくのか、どの器官を形作るのか全てわかっているのである。

そして、それを調べる過程で、生命のプログラムは、単に成長を進めるためだけにあるのではなく、そこに細胞の死をも含んでいたことがわかってきた。例えば、カエルの子のオタマジャクシが成長すると、魚のような体に足が生えてきて、代わりにしっぽがなくなっていく。あるいは、人の胎児の場合も最初は手足の指が水鳥の足の水かきのようにつながっていて、それが指と指の間の部分の細胞がきれいになくなっていって、初めて独立した５本の指ができる。

このように、あらかじめ DNA によってプログラムされている細胞の死をアポトーシスという。役目を終えた花が枯れ、秋になって木の葉が散るのもアポトーシスであり、生命を維持するために、古くなった細胞が処理され新しい細胞と入れ替わるのもアポトーシスの作用である。これに対して、外部から受けた傷や火傷（やけど）などによる細胞の死はネクローシスと呼ばれる。

このアポトーシスはあくまでも細胞レベルでの話であるが、これを人間の個体レベルまで広げて考えたら、どうだろうか。時が来れば死滅するという意味では、老化もまた緩慢なアポトーシスと言えるだろう。人間もまた一つの生命として先天的に寿命をプログラムされているわけだから、いわゆる老衰死はまさにアポトーシスの現れということになるだろう。

ここで、その人間の寿命が現代社会ではどんどん延びてきていることに思い至る。ということはつまり、人間という生命体は、あらかじめ設定された寿命というプログラムを書き換えていることになるのではないか。人類の平均寿命は 20 世紀の 100 年間で 31 歳から 66 歳へと倍以上に延びている。日本に限っても 44 歳から 81 歳へと２倍近くにまで延びているのである。

もちろんそれには、生活環境における危険の減少と医療の発達という要因も大きいのだろうが、今後、アポトーシスのメカニズムを解明していくことで、さらに人間の寿命が延びていくことが予想される。

次に、下線を引いた部分を残して、各段落をわかりやすく要約してみましょう。

各段落の最初にある「指示語」が何を指すか確認して、前の段落との関係を理解しましょう。

**1** 生物は、一つ一つの細胞に含まれているDNAの情報によって、誕生から死までの一生がプログラムされている。

**2** **このこと**（DNAによって、一生がプログラムされていること）は、体長約1ミリの線虫を観察するとよくわかる。この虫は、1個の受精卵が、細胞分裂をくり返し、各器官を形成していく過程が調べ尽くされている。

**3** **それ**（1個の受精卵が、各器官を形成していく過程）を調べる過程で、生命のプログラムは、そこに細胞の死をも含んでいたことがわかってきた。　**⇒問1**

**4** **このように**（成長の過程である器官の細胞が自ら死ぬように）、あらかじめＤＮＡによってプログラムされている細胞の死をアポトーシスという。これに対して、外部から受けた傷などによる細胞の死はネクローシスと呼ばれる。

**5** **この**（あらかじめプログラムされた細胞の死という）アポトーシスはあくまでも細胞レベルでの話であるが、これを人間の個体レベルまで広げて考えれば、老化もまた緩慢なアポトーシスと言える**だろう。**人間もまた寿命をプログラムされている**からだ。**

**6** **その**（プログラムされた）人間の寿命が延びてきているということは、人間という生命体が、寿命というプログラムを書き換えていることになる**のではないか。**　**⇒問3**

**7** もちろん**それ**（＝人間の寿命が延びてきていること）には、他の要因も大きいが、今後、アポトーシスのメカニズムを解明していくことで、さらに人間の寿命が延びていく**ことが予想される。**　**⇒問4**

ここまで要約できれば、質問に答えられるでしょう。

**問1** そこは何を指すか。

第3段落の要約を見れば、「そこ」＝「それ（1個の受精卵が、各器官を形成していく過程)」だとわかります。ですから、正解は**2**です。

**問2** アポトーシスの例として正しいものはどれか。

ここでは4つの例が示してありますが、最後の例に注意しましょう。

「古くなった細胞が処理され新しい細胞と入れ替わる」とありますから、これと同じものは**1**の髪の毛の生え替わりだとわかります。

**問3** 筆者は、人類の平均寿命が延びた要因についてどのように考えているか。

筆者は最後の段落で、環境の変化、医療の発達という他の要因も挙げていますが、ここでは、１つ前の第６段落で、生命のプログラムとの関係に注目しています。筆者の意見文が答えになります。正解は**4**です。

**問4** 筆者は、アポトーシスについて、どのように考えているか。

これは最後の文を見れば答えはわかります。「アポトーシスのメカニズムを解明していくことで、さらに人間の寿命が延びていく」と筆者は言っていますので、正解は**3**になります。

## 練習問題 11

ストレスについての研究は意外に古く、実は１世紀も前から続けられている。人間は実生活の上で、実にさまざまなストレスを受けるが、最も心的負担が大きいのは、配偶者の死亡だと言われている。即ち、結婚した男女の一方が死亡したときである。夫婦に限らず家族の一員の死亡が与えるショックの大きさはだれも否定しないだろう。これに代表される家族間・男女間のトラブルは、例えば、失恋や離婚なども心的負担が大きい。

それから、仕事の関係でのストレスが大きいのは言うまでもないだろう。会社の倒産や解雇による失業、転職も重大な問題だ。経済的な問題としては、カードローンによる自己破産もあるだろう。毎年3万人以上にものぼる自殺者の二大原因の一つは経済的問題だと言われる。

さらに、現代人が忘れてはならないのは、交通事故を起こしたり、違法行為をしたりして、裁判沙汰になることだ。法を犯して起訴され、処罰された者、さらにその被害者となった者の心労は計り知れない。

以上に加えて、自分自身の健康状態もまたストレスになる。実は、自殺者の二大原因のもう一つが健康問題であり、心臓病や脳梗塞、そして癌などの死に関わる病気にかかると、生活が一変してしまうのだ。

こうしてみると、ストレスを決して軽く見てはいけないことがよくわかる。ストレス自体が精神的な病気であり、病気が病気の原因になるからだ。ストレスを研究していくと、胃潰瘍や高血圧、心臓病などの病気だけでなく、電車の事故やいろいろな事件までもが、何らかの心的な動揺やショックを受けた後に引き起こされていることが明らかになってきた。心理的なストレスが生理的な異常を引き起こし、それが事故や事件の引き金となっていたのだ。

ストレスと人間の生理との関係で注目されるのが自律神経の作用である。自律神経は交感神経と副交感神経から成り立っており、簡単に言うと、体を緊張させるのが交感神経で、弛緩させるのが副交感神経ということになる。健康な体は両者のバランスが取れており、昼間は適度に緊張し、夜間は緊張を解いてゆっくり休む。ところが、ストレスを受けた体は、緊張が続くことにより、交感神経優位の状態になり、副交感神経を働かせられなくなる。こうなると、身体全体のバランスが崩れ、呼吸も浅くなるし、睡眠不足にもなり、その結果、免疫力も弱まり、さまざまな生理的な異常を来すことになる。

よって、ストレスを回避するには、普段から自律神経のバランスに気を配り、副交感神経を働かせる方法を身につけておくことだ。温泉に浸かってゆったりするのもいいだろう。要するに、リラックスして自分の体を癒やす方法を身につけることである。

**問1** ストレスの原因について、この文章の内容と合っているものはどれか。

1　以前に比べ、犯罪者の抱えるストレスは重くなっている。

2　経済的問題が原因で自殺する人が、毎年３万人以上もいる。

3　妻にとって夫の死ほど大きな心的負担を強いるものはない。

4　人間に深刻なストレスを与える二大原因はお金と病気である。

**問2** ストレスを軽視してはいけないのはなぜか。

1　ストレスこそが心臓病など死に関わる病気の真の原因だから

2　ストレスは１世紀にわたる研究によってもなくすことができないから

3　ストレスが原因で死ぬ人が今世紀になっても増え続けているから

4　ストレスは病気だけでなく事故や事件の要因にもなりうるから

**問3** ストレスと自律神経の関係について、正しいものはどれか。

1　自律神経のバランスが悪くなると、ストレスを受けやすくなる。

2　自律神経の機能が低下した状態では、ストレスを感じなくなる。

3　ストレスは交感神経の働きを強め、副交感神経の働きを抑える。

4　ストレスは緊張を強めるため、免疫力が高まって病気にかかりにくくなる。

**問4** ストレスの対処法として、合っているものはどれか。

1　身体がストレスの影響を受けないように、常に体を鍛えておくのがいい。

2　緊張しないように、常に感情をコントロールして、表に出さないようにする。

3　毎日睡眠時間をチェックして、１日の緊張とリラックスの時間数を同じにする。

4　意識的に自分の体をリラックスさせる方法を身につけておくといい。

# 2 主張理解

## 例題 12

現代人は、あふれる情報の中で、何かというと自分を数値に当てはめて判断することに慣らされてしまい、現実は変えられないと思い込まされてしまっているのではないか。

たとえば、あなたが受験生だとしよう。進学指導で、「きみの成績なら、あの大学に入れる確率は10％だね」と言われたら、どうか。あなたは、自分を入れない90％の側に置いてあきらめるのではないか。それとも10％の側に置いてチャレンジするだろうか。

確かに数値はうそをつかない。先生だってうそは言わないだろう。だが、先生は、過去の数値を示しているだけで、あなたがどちらの側に当てはまるかは判断していない。それを言えば先生に責任が生じてしまうからだ。つまり、それを決定するのはあくまでもあなたの主体性だということである。そして、その主体性を常にあきらめる側に誘導するために、数値は利用されているのではなかろうか。そこが問題なのである。

問題は数値だけではない。「科学」もまた利用されている。

たとえばあなたは、毎日時間に追われ、忙しく働いている。そんなあなたがカゼをひいたとしよう。熱が出て、頭も痛い。どうするか。テレビをつけると、ちょうどカゼ薬の宣伝をしている。あなたは何の疑いもなく、駅前のドラッグストアで、カゼ薬を買って帰るだろう。それで、何日か症状が軽くなるけれど、無理をして仕事を続け、結局、会社を休まなければならなくなる。違うだろうか。実は、カゼ薬を飲むよりも、飲まないでゆっくり休み、自分の体の免疫反応に任せてカゼのウイルスをやっつけたほうが早く治るという統計がある。つまり、人間には最初から病気を治す自然治癒力が備わっているのである。薬は、熱を下げ、炎症を抑えるかもしれないが、病気の原因であるウイルスをやっつけるわけではない。逆に、ウイルスをやっつける免疫作用まで抑えてしまう。だから、治るのが遅くなるのだ。

カゼ薬を飲むのはあなたの自由である。だが、そのときあなたが忘れていることがある。病気を治すのはもともとあなた自身に備わっている自然治癒（ちゆ）力だということ。それに気づかないようにするために、利用されているのが「科学」なのだということである。

こうやって、自分の主体性を取り戻した目で周りを見渡せば、それこそ目からうろこが落ちるように、世界が違って見えてくるだろう。あなたが現実を変えるカギはそこにある。

**問1** 自分を数値に当てはめて判断するとは、どういうことか。

1　常に可能性の低いほうを選択して、いろんなことにチャレンジするということ
2　自分を常に多数の側に置いて、問題に対処するということ
3　成績や可能性の数値が低いとあきらめてしまうということ
4　予想を正確にするため、常に可能性を数値にする訓練をしているということ

**問2** そこが問題なのであるとあるが、何が問題なのか。

1　先生が示す数値は過去のものであり、客観性に疑問があること
2　先生の言うことはうそではないが、厳しすぎて生徒を傷つけてしまうこと
3　予想が外れることを恐れて、先生が生徒にチャレンジさせなくなったこと
4　生徒に主体性を持たせないようにするために数値が使われていること

**問3** カゼ薬を飲むと治るのが遅くなるのはなぜだと言っているか。

1　一時的に風邪が治ったと勘違いして、仕事で無理をしてしまうため
2　薬を飲んでいる間は症状が治まるが、飲まなくなるとまた症状が出てくるため
3　薬が自分に適合しているとは限らず、結局、病院へ行かなければならなくなるため
4　薬は原因を取り去るわけではなく、自分の体の治癒力まで抑えてしまうため

**問4** この文章で、筆者が言いたいことは何か。

1　あふれる情報をいっさい受け入れないようにすれば、真実が見えてくるものだ。
2　一般人向けの科学的な説明は信用できないので、科学者に確認しなければならない。
3　現実を変えられるかどうかは、主体性を持って取り組むかどうかで決まる。
4　科学や数値が正しいかどうかは自分で判断できない以上、信用せざるを得ない。

## 例題 12　解説

ここでは、下線を引くのは省略して、各段落の要約から始めます。できるだけ短く、簡単な文にしてみましょう。

**1**　現代人は、自分を数値に当てはめて判断することに慣らされ、現実は変えられないと思い込まされている**のではないか**。　**⇒問1**

**2**　**たとえば、**「きみの成績なら、あの大学に入れる確率は10％だね」と言われたら、あなたは、自分を90％の側に置いてあきらめる**のではないか。**それとも10％の側に置いてチャレンジするか。　**⇒問1**

**3**　**確かに**数値はうそをつかない。**だが、**あなたがどちらの側に当てはまるかを決定するのはあくまでもあなたの主体性である。そして、その主体性を常にあきらめる側に誘導するために数値は利用されている**のではなかろうか。**そこが問題なのである。　**⇒問2**

**4**　問題は数値だけではない。「科学」もまた利用されている。

**5**　**たとえば、**カゼをひいたらカゼ薬を利用するのが当然のように思われているが、**実は、**カゼ薬を飲むよりも、飲まないでゆっくり休んだほうが早く治るという統計がある。**つまり、**人間には最初から病気を治す自然治癒力が備わっている**のである**。薬は、効くかもしれないが、病気の原因を取り除くわけではなく、免疫作用まで抑えてしまう。**だから、**治るのが遅くなる**のだ**。　**⇒問3**

**6**　カゼ薬を飲むとき忘れていることがある。病気を治すのはもともとあなた自身に備わっている自然治癒力だ**ということ。**それに気づかないようにするために、利用されているのが「科学」**なのだ**ということである。

**7**　**こうやって、**自分の主体性を取り戻せば、世界が違って見えてくる**だろう。**あなたが現実を変えるカギは**そこ**（主体性を取り戻すこと）にある。　**⇒問4**

次に文章の構成を考えてみましょう。

1：問題提起、読者への問いかけ。「数値」の問題
2：1の具体例
3：1の再提起と筆者の意見
4：問題の追加、「科学」の問題
5：4の具体例
6：4の再提起、筆者の意見
7：筆者の主張

長い文章ですが、例を示している部分が多いので、「数値」「科学」と「主体性」という３つのキーワードで全体を把握できれば、難しくはありません。

もっと、短く簡単に、文章全体を整理してみましょう。

問題提起：現代社会における、「数値」や「科学」の扱い方には疑問がある。

その理由：「数値」や「科学」を扱う側の主体性が欠けているからである。

結論：主体性を取り戻すことが大事である。

よって、正解は次のようになります。

問１：**3**

問２：**4**

問３：**4**

問４：**3**

## 練習問題 12

企業の社会的責任（Corporate Social Responsibility）という言葉がある。日本では、「企業による社会貢献」と解釈されることが多いが、それも含めて、企業組織が巨大化しグローバル化すればするほど、その社会的な影響力も大きくなるのだから、企業も社会の一員として責任を果たさなければならないと考えるのは当然のことでもある。企業が規模を拡大できるほどの利益を上げられたとしたら、それは商品を購入してくれた消費者のおかげであり、もしその利益がさらに増大したときは、消費者への恩返しとして余剰利益を社会に還元するのである。このような社会貢献を実現する基になる考え方が企業の社会的責任である。

このことは、現代の企業が、もはやただ単に自社の利益を追求するだけの組織ではないということを意味している。むしろ徹底した「利益の追求」は、社会と矛盾を来すまでに至っていて、利益を追求するあまり、法律に違反し、環境を汚染したり、消費期限を偽って販売したりする会社が後を絶たない。そんなことをすれば、いずれ発覚し、マスコミが取り上げる事件となって、倒産に追いやられることはわかっている。なのに、やめられない。会社が「利益を追求する」ための組織だと信じて疑わないからである。そんな会社の不正を社員が告発しようとすれば、英雄視されるどころか、逆に、裏切り者として排除されてしまう。それもこれも、「会社の目的は利益追求である」といった古い観念に染まっていて、「企業の社会的責任」という発想が存在しないからである。

かといって、利益があり余っているからといって、やれ美術館だの音楽ホールだのと文化施設をやたらに造る企業もあるが、それが宣伝広告の効果を狙っただけのものであることも多く、決して褒められたことではない。文化というものは一朝一夕に形成されるものではなく、長い時間をかけて築かれるものだからだ。

企業が誤解してはいけないのは、ここのところだ。大企業の中の人間はともすると自分たちが社会を作っていると勘違いしがちなものだ。だが冗談ではない。企業の歴史などたかが知れている。企業はあくまでも社会の一員であるにすぎず、社会の長い歴史の中のほんの一部分でしかない。その社会の中で現に生きている人々とどのように関わるのか、どのようにして文化の一端を担うのか、そこに社会的責任が問われているのである。

**問1** 筆者によると、企業の社会的責任とは、どういうことか。

1　利益が余った場合は、消費者に返金しなければならないという考え

2　企業は消費者に対しても、会社の一員として利益を分配するべきだという考え

3　企業を世界的な規模にするためには、社会の協力が必要だという考え

4　企業も社会の一員であり、社会に対して責任があるという考え

**問2** 筆者はなぜ、現代の企業は利益を追求するだけの組織ではないと言っているか。

1　企業は自らの手で内部の不正を取り締まらなければならないから

2　利益の追求が原因で大きな社会問題を引き起こしているから

3　企業はイメージが大事で、利益優先のイメージでは売れなくなるから

4　企業内部の利益より、外部社会の利益のほうが重要であるから

**問3** ここのところとあるが、どういうことか。

1　文化施設を造ることが企業の宣伝になっていること

2　文化を作り上げるには時間がかかるということ

3　文化施設を造っても社会はあまり喜ばないこと

4　企業と社会はお互いに勘違いすることが多いこと

**問4** 筆者は、企業に対してどのような主張をしているか。

1　企業がより多くの利益を得るためには、社会貢献することが必要である。

2　企業が社会貢献をしようとするときに、利益の追求を目的としてはならない。

3　社会の一員としての歴史や文化との関わり方が今後の企業の課題である。

4　企業の社会的責任を果たすために、企業はまず国際化しなければならない。

# 内容理解（長文）・主張理解　復習問題

## 問題 1

俳句のように字数の限られた作品では、たった一字の違いが作品の出来を大きく左右する。その良い例として次の句が挙げられる。

「米洗う　前に蛍が　二つ三つ」

昔、まだ水道のなかったころの時代だろう、蛍が飛び交う季節だから、初夏のころ、夕刻、水辺の近くが思い浮かぶ。おそらく川で米を洗っていたのだろう。井戸の水を汲んで洗っていたのかもしれない。ここでは川の流れを想い描きたい。米を洗うのは、やはり少女だろう。必ずしも、貧しくて不幸な身の上に限定することもないだろうが、もの思いにふける乙女がふさわしい。ふと見ると、目の前に蛍が……という情景がすぐに浮かんでくるのだが、さて、この俳句を示された江戸時代のある歌人は、「これでは蛍が死んでいることになる」と言い、「蛍が飛び交うようすを表す」ことができないと言って、次のように直すべきと批評したという。

「米洗う　前を　蛍が二つ三つ」

この句に続く動詞を補ってみるとわかりやすい。

「米洗う　前に　蛍が二つ三つ（いる・落ちている）」

「米洗う　前を　蛍が二つ三つ（飛んでいる・飛び交っている・飛び回っている）」

また、「蛍が二つ三つ」と表していて、蛍の数を特定できていないのだから、蛍はそれだけの速度で飛んでいたと考えるほうが理にかなっている。

さらに、ほかの助詞を比べてみると、また、違いがよくわかる。

「米洗う　前へ　蛍が二つ三つ（飛んで来た）」

「米洗う　前で　蛍が二つ三つ（動いている・何かしている）」

確かに、「に」という助詞は、ある一定の場所を指し示し、対象が静止しているようすを表すことになる。後ろや横ではなく「前に」という意味を表す。「へ」という助詞は、向かう方向を示すので、動きはともなうが、見ている自分（少女）の「前へ」到着したという意味になり、そこで動きは止まってしまう。「で」になると、これもまた動作・行為を表しはするが、その動作・行為が行われる場所・空間が限定されてしまうため、その空間を出られなくなってしまう。いずれも蛍の自由な飛翔を表現することはかなわない。

こうして四つを比較してみると、俳句として最も優れたものが（　　）であることは自ずと明らかだろう。思春期の多感な少女が薄暗い中、川の流れを前にして、米を洗っている。何か一心に思いつめて。ふと、何かの気配を感じて目を上げると、きれいに光る蛍が二、三匹、飛び交って、空へ消えて行った。少女は、その美しさに見とれて、光の跡を目で追った。

であれば、ここはどうしても（　　）でなければならぬ。

今では、実際に学校で、この句を使った授業が行われているという。日本人の言葉に対する美意識はこうして磨かれ、受け継がれているのであった。

（注）もともとは「米洗ふ前に螢の二ツ三ツ」という表記だったものをここではわかりやすく変えてある。

**問1** 筆者が、この俳句の登場人物には少女がふさわしいと言っているのは、なぜか。

1　昔から川で米を洗うのは貧しくて不幸な少女に決まっているから
2　年ごろの少女はあれこれ思い悩むものだから
3　蛍には少年より少女の方がよく似合うから
4　筆者には、ちょうど思春期の娘がいるから

**問2** 最初の俳句は、なぜよくないと言っているか。

1　蛍が飛ぶ空間が限定されてしまうから
2　蛍の数や飛ぶ速度を表すことができないから
3　蛍が生きているか死んでいるかわからないから
4　蛍が飛んでいるようすを表すことができないから

**問3** （　）に入る言葉として最も適当なものは、どれか。

1　前から
2　前を
3　前へ
4　前で

2

**問4** この文章で、筆者が言いたいことは何か。

1　俳句は絵画的な作品であり、また、そこには人物の複雑な心理が表現されている。

(2)　俳句には一字一字言葉を磨く、日本人の美意識が表されている。

3　俳句が表すのは静止した情景ではなく、生命の躍動でなければならない。

4　日本人の伝統を守るために、学校でも俳句を教えてほしいものである。

## 問題２

〔政治の世界では、言葉の解釈を巡って状況が一転、二転し、大混乱することがある〕。国を代表する首相が野党のみならず与党内からも退陣要求があり、やむを得ず「一定のめどが付いた段階で若い世代への引き継ぎを果たす」と公表したにもかかわらず、後から、自らの発言について「辞任表明をした覚えはない」と態度を一転させたため①大混乱を招いたのは、つい昨年のことである。

首相の政権運営に対する批判が与党内からも湧き起こり、党の分裂を恐れた前首相が直接首相に辞任を促し、合意を得て覚え書きを交わしたにもかかわらず、その文面に「辞任」の2字がなかったために起きたことであった。さらに、この首相は、追い詰められて辞任は認めたものの、②「一定のめどが付くまで」というあいまいな言葉を盾に、首相在任期間の引き延ばしを図ったのであった。当然、前首相は交渉の席で、辞任の時期については「国政での重要な二つの案件を解決した段階で」と明確に断っていたし、首相もそれに異を唱えなかった。両者の間では、「一定のめど」とはそういう意味だった。にもかかわらず、首相は後に、「一定のめど」というあいまいな言葉の解釈を変えて、自分の都合のいいように延期してしまったのである。激怒した前首相は、現職の首相を「ペテン師」あるいは「詐欺師」と同じだとまで言い、非難した。

当時、どこまでも無責任な首相の潔くない態度に国民は呆(あき)れたものだが、これもあいまいな表現を好んで使い、明確に断言することを嫌う日本人の国民性が引き起こしたものではなかろうか。欧米のような契約社会では、起こり得ないことである。よほどお人よしな前首相と、よほど恥知らずな当時の首相が交渉したからだという個人の性格の問題だとする解釈も成り立つかもしれないが、それよりは、同じ日本人だから起きたことと考えるほうが事実に近いだろう。典型的な日本人である前首相に対し、日本人の国民性を十分承知した当時の首相が日本人離れした悪知恵を他から得て、権力の座にしがみつき、延命を図ったということなのだろう。

それにしても、同じ与党内の前首相に「詐欺師」呼ばわりされる首相が現れたことは前代未聞のことである。あいまいな日本語を使い続けていると、痛い目に遭うという教訓を国民全体に知らしめたという意味では、それなりの効果はあったと言うべきだろうか。それよりも、同じ日本人が日本人の性格を利用して相手を騙(だま)すような社会になってしまったことを象徴しているようで、暗い気持ちになる。若い世代がこれをどう受け止めたか気になるところである。

**問１** ①大混乱を招いたとあるが、その原因は何だと言っているか。

1　首相が辞任を公表したにもかかわらず、発言を撤回してしまったこと
2　首相が辞任を公表したにもかかわらず、していないとうそをついたこと
3　首相と前首相が交わした文書に、主語と述語がはっきり書かれていなかったこと
4　首相と前首相が交わした文書に、辞任という字が書かれていなかったこと

**問２** ②一定のめどが付くまでという言葉を、前首相はどのような意味で使ったか。

1　国会が予定の審議を全て終えたとき
2　国会で審議中の二つの案件が解決したとき
3　首相の在任期間が終了したとき
4　次回の総選挙が行われるとき

**問３** 筆者は、首相と前首相の間に起きたことの原因について、どのように述べているか。

1　両者それぞれの個人的な性格によるものと思われる。
2　日本人とは思えない首相に問題があると言える。
3　日本が欧米のように契約社会になっていないからだろう。
4　あいまいな言い方を好む国民性によるのだろう。

**問４** この文章で、筆者が言いたいことは何か。

1　今回の政治的混乱から、日本国民は契約の大切さを学ぶべきであろう。
2　今回の政治的混乱は、過去に例のないことであり、それなりの効果はあった。
3　今回の政治的混乱は、日本社会の変化を表しているようで心配だ。
4　あいまいな言葉は、結局、混乱を招くだけで良い結果を生まないことを知るべきだ。

## 問題3

私がよく利用する図書館でのこと。前は市民の中から選ばれた年配の人が利用者の対応をしていたのですが、最近、職員が替わり、今度はユニホームを着て、てきぱきと仕事をこなすようになりました。何よりみんな若いのが特徴です。言葉づかいも統一されていて、利用者へのサービスも考慮されており、一応、プロとして仕事をしているのが伝わってきて、好感を持てました。

ところが、ある日のこと、私が借りた本を返しに図書館の入口から入ってカウンターの前に立ち、本を差し出すと、職員の若い男性が、「返却ですか？」と言うのでした。私は一瞬「？」と答えに詰まり、黙ってうなずくしかありませんでした。本の貸し出し・返却のカウンターは、図書館に入ってすぐのところにあって、そこから入口は見えているのですし、利用者の行列ができていたわけでもなく、私は外から入って来て、だれもいないカウンターの前に立ったのです。他の職員の場合は、「返却ですね」と言ってすぐに手を出して受け取ってくれるのに、「どうして？」と私は心の中で自問しました。細かいことですが、それがずっと引っかかっていました。

その後も何度か同じことがありました。私は週に一度は図書館を利用するので、そのことが気になって、ちょっと観察してみると、やはり、あんな聞き方をするのはその若い職員だけでした。また、私に対してだけでなく、本と一緒に利用カードを出さない人に対しては、一様に「返却ですか？」と聞くことがわかりました。貸し出し時の対応を見ていても、すごくまじめで、だれに対しても常に同じ言葉を口にしています。ちょっと形式的すぎるかな、というのが正直なところですが、異常に見えるところはありません。コミュニケーションが得意じゃない、今の若者によく見られるタイプなんだろうと思い、たかが「か」と「ね」の違いに目くじらを立てることはないかと、もともと悪気があってのことでないのはわかっていたので、それですっきり納得。きっと最初に業務の説明を受けたときに、「利用者がカウンターの前に立ったら、貸し出しか、返却か、確認すること」というふうに教えられたのでしょう。彼はそれを忠実に守っているだけなのでしょう。

そう思うと、そんな些細（ささい）なことにどうして自分は引っかかったのかと反省です。他人のちょっとした態度に不愉快な思いをするのは、自分に他人の事情をおしはかる心のゆとりがないからではないのかな、と。そのように思えてなりません。人は皆それぞれの事情を抱えて生きている、それを忘れないようにしたいものです。

**問1** 最近、図書館に、どのような変化があったと言っているか。

1　職員がボランティアから、プロに替わった。
2　職員のサービスが良くなって、若い利用者が増えた。
3　職員の質が上がって、印象が良くなった。
4　職員の言葉づかいが、とても丁寧になった。

**問2** 筆者が若い職員の質問にとまどったのは、なぜか。

1　本を返すだけで、借りるつもりはなかったから
2　「返却」だとわかっているのに、質問されたから
3　初めてなのに、職員の態度がなれなれしかったから
4　職員の言い方が、筆者を疑っているようだったから

**問3** 筆者が観察して、わかったことは何か。

1　若い男性職員は形式的すぎるので、接客の仕事には向かないということ
2　上司の指示のしかたが問題であり、若い男性職員のせいではなかったこと
3　若い男性職員はまじめだが、細かいことですぐ怒る性格だということ
4　若い男性職員も、今の若者によく見られるタイプだったということ

**問4** 筆者は結局、どう考えるようになったか。

1　図書館の職員のことをあれこれ考えてもしかたのないことだから、時間のむだだ。
2　細かいことを気にし始めると、全体が見えなくなるから、注意したほうがいい。
3　他人にも事情があることを忘れず、もっと心の余裕を持てるようにしたい。
4　これからも、他人の態度に左右されないように、注意深く観察していきたい。

## 問題４

資本というと、すぐに余ったお金すなわち財力を思い浮かべるが、それは資本主義経済が利益の追求しか目的としていないからであり、それが必然的に経済危機を引き起こすことは、もう100年以上も前から警告されている。それでも、同じことをくり返し、むしろ経済格差が拡大しているのが現代社会である。

かつては、「アメリカン・ドリーム」といって、だれもが一攫千金（いっかくせんきん）を夢見てアメリカへ渡ったものだった。アメリカは、だれにも成功のチャンスを与えてくれると信じて。それが今では、いくら時が経っても、結局、夢をかなえられるのはたった１％の人だけで、あとの99％は貧しいままだということがわかってしまった。１％の人の夢のために、あとの99％の人々が利用されるのが、アメリカ型の資本主義制度であり、「アメリカン・ドリーム」にほかならなかった。

例えば、お金がたまったら旅行にでも行こうと思うものだが、国内旅行の次は海外旅行へ、次は世界一周旅行に、それもかなえられれば、宇宙旅行にも出かけたいと思うだろう。ところが、現実にそんな大金を手に入れられるのは、世界中を探してもごくごく一部の限られた人にすぎない。今の社会がどんなに発達したとしても、世界中の人が宇宙旅行を楽しむ未来がやってくるとは思えないのである。なぜかと言えば、資本を単なるお金と考え、利益だけを追求する社会では、結局、一部の富裕層の利益が増大するばかりだし、社会の富は偏る一方で、平等に分配されないからなのだ。そのような考え方は、商品生産を効率だけで考えるようになり、労働の機械化を進め、労働の質を下げることになる。その結果、富める者がさらに富むために、貧しいものはさらに貧しくなるのである。

これに対し、人々が地域社会で長い時間をかけて無意識に産出し受け継いできた文化こそが資本であるという考え方がある。例えばある地域に、大資本が手がける日本酒の工場と、代々受け継がれてきた造り酒屋があるとしよう。大量生産大量消費で薄利多売しか方法のない工場では、お酒の質を上げるには限界があり、あとは効率化を図るばかりで、最後は人件費を削ることとなり、価格競争で他社の商品に負ければ、いずれ工場閉鎖は免れなくなる。それに引き換え、その地域ならではの自然が産み出した材料を使い、磨き上げられた伝統の技術で造りだした世界に唯一の酒は、国内のみならず海外でも有名になるかもしれない。価格は高くても注文が途切れることなく安定した生産を続けられる。酒造りの職人だけでなく、地域の人々もそれを誇りに思う。その地域の自然と文化が商品を生み出すことを知っているからだ。そうして、さらに味の追求は進み、商品の価値は高められ、労働の質も、生活の質も高まるのである。

**問1** ここで言う「アメリカン・ドリーム」とは何か。

1　夢を抱くだれもが成功するチャンスを与えてくれる理想的なシステム
2　わずかばかりのお金を元に、大金を稼ぎ財産を築くことが可能なシステム
3　ごく一部の人の成功のために他の多くの人の夢が犠牲にされるシステム
4　失敗した人も夢を追い続けることで貧富の差を最小限にとどめるシステム

**問2** 世界中の人が宇宙旅行を楽しむ未来がやってくるとは思えないのは、なぜだと言っているか。

1　宇宙旅行の料金は、今後も高くなる一方で、下がるはずがないから
2　今のシステムのままでは貧富の格差が縮まることはないから
3　技術者の質が下がり、宇宙旅行の危険性は高まると予想されるから
4　ロケットの安全性からいっても生産台数に限りがあるはずだから

**問3** 筆者は、「資本」について、どのようにとらえているか。

1　資本は単なるお金や財産ではなく、人間が産み出した文化全体だと考えることができる。
2　資本は利益の追求によってのみ蓄積されるもので、経済危機が起こるのはしかたがない。
3　人間が夢を抱いて利益を追求することで、単なるお金が資本に転化するのである。
4　資本は貧富の格差を拡大するだけだから、政府がそれを是正しなければならない。

**問4** 筆者の考えと合っているものは、どれか。

1　利益追求の資本主義に代わって、富を平等に分配する新たなシステムが必要である。
2　大量生産大量消費のシステムに代わり、少量でも利益の大きい生産システムが必要だ。
3　最先端の科学技術と伝統技術の融合により、新たな文化を築き上げる必要がある。
4　生活の質を高めるには、自然を含めた地域の伝統文化を資本とすることが必要だ。

## 問題 5

例えば、福島原子力発電所の爆発事故の原因について、結局は、津波による電源喪失が挙げられているようだが、このように巨大で複雑な施設で起きた事故をたった一つの原因で説明しようとすることに土台無理がある。それにはまた、巨大で複雑な人間組織が関わっているからでもある。原因究明は、いったい何のためにするのかと言えば、二度と事故を起こさないためであるが、起こさないために最も手っ取り早い解決法は、二度と原発を作らず稼働もしないことである。ところが現実には利権の絡んだ政治的な判断に左右され、原因を一つだけに絞り、その解決策を示すことで安全を訴え、原発の再稼働に加担する科学者が現れる。もはや科学的真実の究明とは無縁の話になってしまう。①これでは科学とは言えない。

事故の要因は複雑に絡み合っている。まず地震の影響で外部電源を取り入れる鉄塔が倒れ、復旧するのに何日間も要している。その上、津波により非常用電源も喪失してしまった。原子炉内に破断が生じたことも挙げられるだろう。電力会社と現場の連携不足もあった。何よりも、以前から、津波によって事故が起きる可能性があることを指摘されていたにもかかわらず、対処して来なかったという問題もある。つまり、人為的なミスも原因の一つであったのだ。

要するに、このような複雑系の事故は、システムの問題なのであって、それに対処しない限り、問題は解決されないのである。

これは、健康・医療の問題でも同様である。健康食品の人気が示すように、科学者による体に良い化学物質や食べ物の成分の研究が盛んに行われているが、心臓病のような慢性の病気に関しては、サプリメントのような単一のビタミンやミネラルによる健康効果は認められていない。これに対し、野菜中心の食習慣に変えることで顕著な効果が認められることは科学的に証明されている。あるアメリカの栄養学者が言っていたことだが、「全体の状況を無視して細部だけを調査する研究方法や、人体の複雑な相互関係を結果から判断しようとする試みは、栄養学にとって致命的な問題」である。野菜をわざわざ栄養素に分解してそのうちの特定の物質だけを摂取するのでなく、野菜をまるごと食べることが大事なのであって、つまり、それに含まれる無数の栄養素やそのほかの物質の集合体をまるごと食べることで食事による効果が現れるのであって、単独の栄養素が病気に与える効果を科学的に研究することなどほとんど意味を持たないのである。

いずれも、全体の状況をシステムとして捉え追究することを忘れた②要素還元主義が、事態の混乱を招いているということである。

**問1** ①これは、何を指すか。

1 政治家が科学の問題に口を出し、解決策を示すこと
2 事故の再発を防ぐため、機械の再稼働を止めること
3 巨大な人間組織の問題を科学で説明しようとすること
4 政治的な判断で、事故の原因を一つにしてしまうこと

**問2** 筆者は、何が問題だと言っているか。

1 自然災害の対策が万全ではなかったこと
2 事故の原因に人為的なミスを入れようとしないこと
3 システム全体の問題を解決しようとしないこと
4 科学者自身の問題を考慮しようとしないこと

**問3** ②要素還元主義とあるが、どういうことか。

1 単一の栄養素による健康効果を科学的に研究しようとすること
2 細部にこだわりながらも、全体の状況をとらえようとすること
3 栄養素の集合体を摂取することによる健康効果を研究すること
4 野菜に含まれる無数の栄養素の相互関係を研究すること

**問4** この文章で筆者が最も言いたいことはどれか。

1 科学と政治は厳格に分離し、科学は独立していなければならない。
2 一つの原因・要素に絞ることではシステムの問題を解決できない。
3 無意味な研究を続ける科学者が増えていることは大きな問題である。
4 科学は科学者自身の限界を知ることから始めなければならない。

## 問題 6

現代社会では、いつどんな事故に巻き込まれるかもしれず、地震などの災害や、あるいはテロの被害者となって命を落とす恐れさえある。大都市の暮らしは便利で、さまざまな人々との出会いもあり、自由を享受できるかもしれないが、反面、常に死と隣り合わせであることも事実である。

医療技術の発達は、この大都市で頻繁に起こる事故によって、脳死状態になった者からの臓器移植を可能にした。ここで、①「脳死」という新たな死の定義が必要となったのである。

もともと、死の定義とされていたのは、心臓の鼓動の停止、肺呼吸の停止、後は瞳孔が広がり反応がなくなることの三つであった。ところが科学の発達により、心臓も呼吸も人工的に動かすことが可能となり、寝たきりのいわゆる植物状態で延命できるようになり、そこで、不可逆的な脳機能の停止をもって、脳死とする新しい死の概念が生まれてきたのである。脳だけは、代替が利かないからである。

ここで、改めて「脳死」について考えてみると、すぐに疑問が湧いてくる。その「死」とは一体だれのものなのかという疑問である。医療現場ではすぐに答えが出るだろう。移植する臓器の所有者である本人の②「自己の死」なのだ、と。自分自身を認識し、判断をする「自己」が消えてなくなることが、すなわち「死」なのだ、と。だからこそ、臓器提供者は、前もって脳死状態で臓器提供を認める意思を「ドナーカード」という形で明示しておかなければならないのだ。つまり、脳死を自己の死として認め、臓器提供を意思表示した人が脳死状態になった場合が「脳死」なのである。

ところが、一人の人が死ねば、そのそばには必ず、その死を悲しむ家族の存在がある。たとえ、脳が死んだとしても、愛する人の体がそこにあって、その体にあたたかい血が流れている以上、それを「死」とは受け止められない人たちがいるのである。この愛する人を見守る家族の心情を、科学と法律で割り切るわけにはいかない。いずれ、いつかは延命装置のスイッチが切られる時が来るにしても、それまでは家族と共に生きているのである。

「脳死＝人の死」ではない。そして、もちろん「脳死＝自己の消失」ではあっても、「自己の消失＝人の死」ではない。そう考えると、脳死を死と直結するような考え方は、あまりにも「自己」中心的な考えのように思える。たとえ脳死と判定されても、その人の意思はドナーカードとして、言葉として存在している。その意思が、それを受け入れた家族の意思を伴って臓器を提供するのである。そして、その意思は臓器として存在し続ける。そう考えなければ、脳死と判定された瞬間、その体は商品として値段が付けられ取り引きされることになる。その瞬間、家族がお金の計算をし始めることになる。そんなことは人としてあってはならないことだろう。

**問1** ①「脳死」という新たな死の定義が必要となったのは、なぜか。

1 大都市では事故によって脳死状態になる人が多いから
2 医療技術によって、脳の死も延長できるようになったから
3 植物状態の人は理論上永遠に生命を維持できるから
4 脳だけは人工機器で代替することができないから

**問2** ここで言う、②自己の死とは、どういうことか。

1 自分が自分を認識する自己意識が消滅すること
2 身体の機能が停止し、脳だけが生きている状態
3 ドナーカードを所持している人が脳死になること
4 脳死状態になった人の家族が脳死を認めること

**問3** 筆者が「脳死」に疑問を持つのは、なぜか。

1 脳死となっても、いずれは延命装置が止められるから
2 脳死の判定は科学と法律だけでは、決めることができないから
3 脳は死んでも、本人の体にはあたたかい血が流れているから
4 脳が死んだかどうかを、本人が確認することは不可能だから

**問4** この文章で筆者が言いたいことはどれか。

1 脳死判定による臓器移植は自己中心的な考えに基づくので反対である。
2 脳死を自己の消滅と直接結び付けるような考え方には賛成できない。
3 脳死判定後は、臓器売買に利用されないよう監視しなければならない。
4 脳死と判定され臓器を移植した後も、本人の意思は存在し続ける。

# 4 統合理解

問題11は、同じテーマの、２つの短い文章（300字程度）を比較して、**共通点**と**相違点**を理解する問題です。

テーマは、教育やゴミ問題など、一般的な社会問題で、意見の分かれるものが多いです。

問いは２つまたは３つで、基本的に、本文Ａと本文Ｂの相違点を問うものと、共通点を問うものが出題されます（国際交流基金が発表している日本語能力試験の概要では、「統合理解」の小問数は３つとなっています。しかし、最近は２つしか出題されない傾向にあるようです）。

だいたい次のような問いと答えになっています。特に相違点に関する問いは、ＡとＢの両方の意見を示しているため、それぞれの選択肢の文が長くなる場合があります。混乱しないように注意しましょう。

**相違点**

**問い**：ＡとＢは、小学生の外国語学習について、どのような考えを持っているか。

**答え**：Ａは外国語の学習は早ければ早いほど良いと考え、Ｂは小学校では必要ないと考えている。

Ａは外国語の学習がほかの教科にもよい影響があると考え、Ｂはまず国語教育の充実を図るべきだと考えている。

選択肢には、Ａは正しくてもＢは間違っているものがあります。すべての選択肢を最後までよく読みましょう。

**共通点**

**問い**：外国語教育の必要性について、ＡとＢが述べていることは何か。

**答え**：今後、外国語教育の必要性はさらに高まると予想される。

外国語教育の必要性については、意見の対立が続くだろう。

本文の言葉を違う言葉で言い換えていることが多いです。それがわかるかどうかがポイントです。

短い文章ですから、それほど難しくはありませんが、２つの長文の問題の間にあるので、あまり急ぎ過ぎないように、筆者の意見を正確に読むことが大切です。１つのテーマについて、Ａが賛成、Ｂが反対と意見が分かれていればわかりやすいですが、両方が同じ賛成意見でも、異なる意見の場合もあります。両者の意見の一致している部分、意見が分かれている部分を読み取る練習が必要です。

## 例題 13

A

外国語を学ぶことは大切である。国際社会では、違った国の人々とコミュニケーションし、その国の文化について理解を深めるだけでなく、その過程で、いやおうなく、わたしたちの文化や価値観が相対的なものであることを認識させられるからだ。とはいえ、まだ自国語の教育も十分になされていない段階で、英語を義務教育として学ばせることに意義があるかというと、はなはだ疑問である。中学、高校の６年間を要しても、なかなか英語を身につけられないのが日本人である。６年間かけて覚えられないなら、さらに前の段階からというのは、どうなのか。長ければいいというものではないだろう。そこには教える側の不備を問う視点が欠けているように思える。大事な教育であるだけになおさらである。

B

本来言語というものは、生活の中で自然に身についていくものだ。それは外国語の場合でも変わらない。外国で暮らし、毎日その国の人と接していれば、言葉は自然に身についていく。ただ、その外国語の習得は大人に比べて子どものほうがはるかに早い。子どもは遊びを通して言葉を覚えていくからで、そういう意味では、最近のように、小学校に上がる前から子どもに英語を体験させようとするのは自然なことだと言える。むしろ小学校に上がってからでは遅いくらいで、頭の柔軟な子どもの時期に身につけた言葉は忘れることもないだろう。これからも国際化が進み、特に日本人にとっては英語の習得は避けられないのだから、それを教えるのは早ければ早いほどいいだろう。

**問1** AとBは、小学校での英語教育について、どう考えているか。

1　Aは肯定的に考えているが、Bは否定的に考えている。

2　Aは否定的に考えているが、Bは肯定的に考えている。

3　AもBも、肯定的に考えている。

4　AもBも、否定的に考えている。

**問2** AとBで、共通している認識はどれか。

1　外国語を学ぶと自国の文化に対して客観的になれる。

2　日本での英語学習の必要性は高い。

3　英語の学習期間は長ければ長いほど効果がある。

4　外国語学習は幼児期が最も適している。

## 例題 13　解説

問１について、ＡとＢの文章の中から意見を述べている部分を抜き出してみましょう。

Ａ：英語を義務教育として学ばせることに意義があるかというと、はなはだ**疑問である。**
　　６年間かけて覚えられないなら、さらに前の段階からというのは、**どうなのか。**
　　長ければ**いいというものではないだろう。**

Ｂ：子どもに英語を体験させようとするのは**自然なことだと言える。**
　　英語の習得は避けられないのだから、それを教えるのは早ければ早いほど**いいだろう。**

こうして比較してみると、Ａが否定的で、Ｂが肯定的だということは、明らかです。問１の答えは**2**になります。

問２については、それぞれの選択肢に対応する文をＡとＢの文章から抜き出してみましょう。

1　外国語を学ぶと自国の文化に対して客観的になれる。

Ａ：国際社会では、違った国の人々とコミュニケーションし、その国の文化について理解を深めるだけでなく、その過程で、いやおうなく、わたしたちの文化や価値観が相対的なものであることを認識させられるからだ。

2　日本での英語学習の必要性は高い。

Ａ：外国語を学ぶことは大切である。大事な教育であるだけになおさらである。

Ｂ：これからも国際化が進み、特に日本人にとっては英語の習得は避けられないのだから、それを教えるのは早ければ早いほどいいだろう。

3　英語の学習期間は長ければ長いほど効果がある。

Ａ：長ければいいというものではないだろう。**×**

Ｂ：それを教えるのは早ければ早いほどいいだろう。**×**

4　外国語学習は幼児期が最も適している。

Ｂ：外国語の習得は大人に比べて子どものほうがはるかに早い。
　　小学校に上がってからでは遅いくらいで、頭の柔軟な子どもの時期に身につけた言葉は忘れることもないだろう。

ＡとＢの両方で述べられているのは、選択肢の２と３ですが、３については、それぞれ述べている意味が異なっています。よって、正解は**2**です。

## 練習問題 13

A

　制度というものは、放っておけば必ず慢性化して、中にいる人間を怠惰にさせてしまうものだ。公務員の組織と民間の会社組織を比べてみればいい。油断すれば、いつ倒産するかわからない民間の会社は、リスクを負っている分、活気にあふれているだろう。日々改善に励む職場からは、新しい価値が産まれてくる。それに引き換え、十年一日のごとく変わりばえのしない役所では、倒産の危険など考えたこともない職員が機械のように働いている光景が見られる。両者を分けるものこそが競争原理である。
　競争原理の導入されない組織は退廃する。そう断言していいだろう。そして、従業員の生活に直接響く競争原理こそが、成果主義、能力主義の賃金制度なのであった。

B

　例えば、プロスポーツの選手を例に取ってみよう。彼らは、それこそ能力主義の世界で働いており、将来が保証されていないため、必死になって仕事をする。有名になれば高収入を得られるが、長くは続かない。だから無理をしてがんばる。そのため体はボロボロになり、健康維持が困難になる。労働組合はあっても、ファンのためだという理由で、ストライキもろくにできない。これが人間的な仕事と言えるだろうか。
　能力主義というのは、結局、弱肉強食の世界の考え方であって、強い者だけが生き残るという考え方にほかならない。そのような社員を野生動物のようにあつかう会社を、はたしてこの文明の発達した21世紀の会社だと言えるだろうか。

**問1** AとBは、能力主義についてどのように述べているか。

1　AもBも否定的であり、特にBはプロスポーツの組織を批判している。

2　AもBも懐疑的であるが、Aは、肯定的な意見も述べている。

3　Aは民間の組織にだけ導入されるべきだと述べ、Bはプロスポーツにだけふさわしいと述べている。

4　Aはどの組織にも導入されるべきだと述べ、Bは21世紀の社会にはふさわしくないと述べている。

**問2** AとBの仕事観はどのようなものか。

1　AもBも大事なのは、制度の運用の仕方だと考えている。

2　Aは仕事はリスクを伴うものと考えているが、Bはリスクは必要ないと考えている。

3　Aは競争原理が大事だと考え、Bは人間性が大事だと考えている。

4　Aは競争が価値を産むと考え、Bは競争は価値を産まないと考えている。

# 例題 14

A

　個人化の進む現代社会では、家庭を営むのは難しい。母親が仕事を持つ家庭では、生まれたばかりの子どもを保育園に預けたり、ベビーシッターを雇ったりしなくてはならないし、子どもが大きくなれば、子どもも忙しくなって、家の中で家族全員がそろうことも珍しくなる。そういう家庭では、食事さえ個別に取るしかない。母親が疲れて帰って、それでも無理をして料理を作っても、父親はいつ帰ってくるかわからない。おなかをすかせた子どもに、さらに父親が帰って来るまで待てというのは酷というものだ。「個食」を社会問題として取り上げる者もいるが、いいとか悪いとかいう問題ではない。そういうことが起きている必然性を理解できなければ、何も解決しないということである。

B

「個食」という言葉の響きは、確かに良い響きとは言えないな、と思う。メディアが取り上げるときも何か悪いことをしているようなイメージで論じられる。だが、「個性の尊重」とかいって個人主義を推奨してきたのはだれだったか。だれだって、一家だんらんの食事がいいと思っている。最初から、自分一人で食事をしたいと思う人はいないだろう。やむをえずやっているんだ。

　だから、例えば、両親と子ども一人の家族三人が、同時に家の中にいるのに、それぞれ別々に食事をするという「個食」とは分けて考えなければならないだろう。それと、お母さんが愛情を込めて作った料理を、各自それぞれ事情があって別々に食べるというのとは根本的に異なる。家族は愛情を食べて育って行くのだから。

**問1** AとBは、「個食」についてどのように述べているか。

1 Aは「個食」を肯定的に述べ、Bは「個食」をなくすべき社会問題として否定的に述べている。

2 Aは「個食」をあってはならないものとして述べ、Bは「個食」を積極的に肯定すべきものとして述べている。

3 Aは「個食」を社会問題として取り上げ、Bは「個食」を個人的な問題だとして述べている。

4 Aは「個食」の実情について述べ、Bは「個食」を二つのケースに分けて考えるべきだと述べている。

**問2** 「個食」について、AとBで共通して述べていることはどれか。

1 「個食」は個人主義を追求した結果である。

2 「個食」を解決するのは容易なことではない。

3 「個食」は家族間の愛情の欠如が原因である。

4 「個食」は必然的に起こっている現象である。

## 例題14　解説

例題14のように、Ｎ１では、対立する２つの意見ではなく、同じテーマについてですが、論点の異なる意見も出題されますので、対策を立てておきましょう。

とはいえ、やはり基本は同じです。まず、ＡとＢの文章を読んで相違点と共通点を見つけることです。ここでは、まず、共通点を探してみましょう。

Ａ：「個食」を社会問題として取り上げる者もいる**が**、いいとか悪いとかいう**問題ではない。**
そういうことが起きている必然性を理解できなければ、何も解決しない**ということである。**

ここに、Ａの意見があることはすぐにわかります。ではＢはどうでしょうか。

Ｂ：最初から、自分一人で食事をしたいと思う人はいない**だろう。**やむをえずやっている**んだ。**

これが、Ｂの最初の段落の意見文です。Ｂの後の段落「だから、例えば、両親と子ども一人の家族三人が、同時に家の中にいるのに～家族は愛情を食べて育って行くのだから。」は、全体が意見になっています。

以上、ＡとＢの意見文を比べてみて、共通する言葉を探してみると、「必然性」＝「やむをえず」に気がつくでしょう。

よって、問２の正解は、**4**です。

問１については、選択肢を一つ一つ見ていきましょう。

１は、意見が対立していると言っているので、不正解です。

２も、１のＡとＢを反対にしているだけなので、不正解です。

３は、ＡもＢも、社会的問題か個人的問題か、という論点で述べているわけではないので、不正解です。

Ａ：「個食」を社会問題として取り上げる者もいる**が**、いいとか悪いとかいう**問題ではない。**
Ｂ：メディアが取り上げるときも何か悪いことをしているようなイメージで論じられる。**だが、**「個性の尊重」とかいって個人主義を推奨してきたのはだれだったか。

ここでは、個人主義を推奨してきた「メディア」＝「マスコミ」を批判しています。つまり、個人的問題だと言っているのではありません。

よって、正解は**4**です。

# 練習問題 14

A

音楽は絵画とちがって形が残らない。けれども、直接聞く人に訴え、感動を与えるという意味では、絵画に比べ影響力ははるかに大きい。今日では、録音も録画もできるようになり、また、インターネットによっていい音楽はまたたく間に全世界に届けられるようになった。音楽が言葉や文化の壁を超えて広まるのは、やはり、音楽を作る人、そして、音楽を演奏する人、歌う人の感動がそのまま聞く人に伝わるからだろう。
「音は沈黙から生まれてくる」という言葉があるが、私たちは音楽を聞きながら、その沈黙の空間に参加しているのではないか。私たちは、音楽を聞くたびに、その作曲家と演奏家と一緒に音楽を創造する現場を共有しているのだ。

B

今や音楽というと、すぐに思い浮かぶのは、歌の内容を映画のように画像で表した音楽ビデオになってしまった。そこではさまざまな電子音が組み合わされ、歌手の声さえも多重に録音されたり加工されたりしている。それに加えて、衣装のデザインやダンスの要素も取り入れられている。さらには演劇の要素も組み入れられ、まさに総合芸術の様相を呈している。

それはそれで、そういう音楽を求める人がいて市場が形成されているからで、否定すべきことではないが、今でも純粋に音楽の美を追い求めている人々がいることを忘れてはいけない。そのような試みは、得てして一般には理解されず、細々と活動を続けるしかないものだ。むしろ、それが芸術の本来の在り方だというべきなのだろう。

**問1** AとBは、音楽の何について述べているか。

1　Aは音楽の過去について述べ、Bは現在の音楽が聞かれない理由について述べている。

2　Aは音楽の可能性について述べ、Bは現在の音楽の問題点について述べている。

3　Aは音楽の市場について述べ、Bは現在の音楽の芸術性について述べている。

4　Aは音楽の普遍性について述べ、Bは現在の音楽の様相について述べている。

**問2** AとBは、現在の音楽についてどのように考えているか。

1　AもBも否定的には考えていない。

2　Aは肯定的に考えているが、Bは否定的に考えている。

3　AもBもどちらかというと否定的に考えている。

4　Aはとても肯定的とは言えないが、Bはかなり肯定的に考えている。

# 統合理解　復習問題

## 問題 1

A

日本のように経済の発展した国で、なぜ毎年３万人以上の人が自殺するのかを考えると、生産よりも消費が中心になった社会の問題点が見えてくる。消費が中心ということは、お金が中心ということだからである。

人は決してお金のために生きているのではないと言う人もいるけれど、「人はパンのためのみに生きるのではない」と言ったって、そのパンを買うためにもお金が必要なのであって、その現実を忘れてはいけない。問題なのは、それなりに普通の生活をしていた人が会社の都合で急に失業してしまった場合だ。今までの消費中心の生活が急にできなくなる。急に貧しくなる。一度この状態に陥ると、元の生活に戻ることは不可能に近い。希望はどこにもなく、未来を描けなくなる。まずは、だれもが安心して生活を送れるよう、社会にセーフティネットを設けることが先決だろう。

B

現代社会では、お金がなければ何もできないとよく言われる。消費社会という側面から見れば確かにそういう考えも成り立つが、決してそんなことはない。お金がなくてホームレスになっても生きていけるし、お金があれば何でもできるかというと、そうでもない。せいぜい買いたいものが買えるくらいで、それは決して自慢できることでもない。自分が満足できる人生を送れるかどうかは別問題である。私たちは普通の生活が送れればそれで十分で、そこから先、さらに生活の質を高めるには、自分なりの哲学や美学が必要になってくるのだ。

そういうと、必ず、生活の質を高めるにもお金が必要ではないか、という問いが返ってくるが、それは否定しないけれど、要はお金の使い道を自分で決めることが大事なのであって、テレビやネットで宣伝されている商品を買うことでは決してないのである。

**問１** ＡとＢの文章で共通して述べられていることは何か。

1　現代社会ではお金が必要であることは否定できない。

2　人はお金がなくても決して生きていけないわけではない。

3　お金があっても満足した生活が送れるとは限らない。

4　切実にお金を必要とする人がいることを忘れてはいけない。

**問２** ＡとＢは、お金中心の考え方についてどのように述べているか。

1　Ａはどちらかというと肯定的に述べ、Ｂは全く反対の立場から述べている。

2　Ａは中立的な立場で述べ、Ｂは問題点を克服すれば肯定できると述べている。

3　Ａは否定的に述べ、Ｂはどちらかというと肯定的でやむをえないと述べている。

4　Ａは否定的に述べ、Ｂは問題点を指摘し、社会保障が必要と述べている。

## 問題 2

A

自然と人工を分離して考えるのは誤りであろう。人間もまた自然の一部であることは否定のしようがないことだからであり、どんなに人工的な大都市であっても、それは自然が形を変えたものであるに過ぎず、自然の法則から逃れた異次元の世界であるわけではない。朝が来れば太陽が昇り、夜になれば暗闇に包まれる。都市に住む人間も空気を吸って生きており、空気がなければ生きてはいけない。

であれば、自然環境を保護するために自然への働きかけをストップするのではなく、むしろ積極的に自然に向かう必要があるだろう。人間の脳もまた自然の産物であり、その脳が産み出した科学技術もまた自然作用の一部に過ぎない。科学が環境の悪化を受けて、環境の保全を図ろうとするのも、自然の働きだからにほかならない。

B

人間は自然と共に生きており、自然のしくみから離れては生きていけない存在である。従って、人間が一人一人健康に生活し、健全な社会を維持していくには、できるだけ自然に手を加えず、自然と調和のとれた生活を送る必要がある。人間の産業的な自然開発を自然の生態系が持つ復元力の範囲内にとどめ、持続可能な社会を築かなければならない。そのためには発達した科学技術を利用して、自然の生態系の維持に働きかけ、生物の多様性を守っていく必要がある。それが環境保全である。現在の科学技術が、自然開発よりも、自然保護、環境保全に重点を置くようになっているのはそのためだ。

**問1** A と B で、共通して述べられていることは、何か。

1　これ以上の産業開発はやめて、環境保全を重視する必要がある。
2　人間は、自然の法則から離れすぎてしまった存在である。
3　生態系の維持が可能な範囲なら自然の開発をやめてはいけない。
4　自然を守るために積極的に自然に働きかけるべきだ。

**問2** A と B は、自然に対してどのように考えているか。

1　A は自然を利用すべきと考え、B は自然を元の状態に戻すよう唱えている。
2　A は全ては自然の作用だと考え、B は人間と自然との共生を目指している。
3　A は人間と自然を同一に考え、B は自然から人間を分離すべきと考えている。
4　A は人間を自然の一部と考え、B は科学技術も自然の一部だと考えている。

# 問題 3

A

文章を書くとき、よく「ありのままに書け」と言われる。しかし、それは不可能だ。書くということは、現実の一部を主観によって切り取り、脚色することだ。もし、ありのままに書いていたら、起きてから寝るまで、起こったことや考えたことの何から何まで書かなくてはいけなくなる。そんなことができるはずがない。書くためには、ある特定の事がらを選ばなければならない。選ぶということは、すでにそれだけで、ありのままの現実から離れてしまうことなのだ。さらに、あれこれと言葉を選ぶことで、それを誇張し、おもしろくする、ということでもある。書くからには、必然的に、主観によって現実を変形させることになるのである。

B

絵画の世界で、子どものような絵を描く画家が天才と称賛されるように、芸術表現というものはあまり技巧に走らず、その時の心の動きをそのまま表すよう心がけるべきだろう。というか、むしろ、そのためにこそ技術は駆使されるべきだと言ったほうがいい。それは言葉で表す際も変わらない。胸に響く、心ふるえる感動があって、それを表す言葉を探す。それにぴったり合った言葉が見つかるまで、じっと待つ。が、そのものずばりを言い表す言葉というのは、意外にすんなり浮かんでくるものだ。ぴたっと言葉が決まるときとは、そういうものだ。文章を何度も書き直すより、自然に浮かんできた言葉をそのまま書いたほうが表現として優れているというのも、また一つの真実である。

**問1** AとBは、文章を書くことについてどのように述べているか。

1　AもBも現実どおりに書くことは難しいと述べている。

2　Aは主観が大事だと述べ、Bは客観的に書くことが大事だと述べている。

3　AもBも現実から離れた言葉が表現の価値を高めると述べている。

4　Aは選ばれた言葉に、Bは自然に浮かんだ言葉に価値があると述べている。

**問2** AとBは、「ありのままに書く」ことについてどのように述べているか。

1　Aは全く不可能だと述べ、Bは肯定的に述べている。

2　Aは条件付きで可能だと述べ、Bは否定的に述べている。

3　Aは部分的に否定しているが、Bは部分的に肯定している。

4　Aは部分的に肯定しているが、Bは全面的に肯定している。

## 問題 4

A

自己中心という言葉は、悪いイメージで語られることが多いが、現実にこの社会は、個人を中心にしてでき上がっていて、人は生まれてすぐに名前を付けられ、個人として育てられ、個人として一生を過ごすのである。だから、自己中心を悪く言うのは、自己と自己が衝突して相手を従わせようとする場合に限られる。つまり、どちらか一方が、集団として相手を非難しようとするのである。そのとき根拠となるのがルールであり、法律である。

けれども、その法律は個人の権利を十分に認めているのであって、違反しない限り自己中心の考え方を否定しているわけではない。逆に、自己を大事にする者は、相手の自己も尊重するわけで、相互の主張を客観的に判断しようとするものだ。単なる自分勝手とは違う。

B

人間は社会的動物である。このことを忘れないようにしたい。どんなに文明が進化してもそうであることに変わりはない。そうでありながら、現在の大都市で暮らす人々の孤立化は進む一方だと言える。大都市の人口密度は高まる一方なのに、だれもが自己中心で人と人との距離は広がる一方、人間関係は希薄になるばかり、おかげで殺人事件も後を絶たず、お互いがお互いを監視し合う社会になってしまっている。

個人の自由を尊重するのはいい。自己中心の世界に住むのもいい。それには歴史の必然性を認めざるを得ないだろうが、本当は個人が無力化しているだけではないのか。社会との関わりを忘れた個人は無力である。自己にこだわるとそれが見えなくなる。個人主義の思わぬ弱点がそこにある。

**問1** AとBで、共通して述べていることは、何か。

1　自己中心の考えは、改めなければならない。

2　自己中心であることにも認めるべき点はある。

3　自己中心の考えは、ちゃんとした根拠に基づいている。

4　自己中心である人は、思いやりのある人である。

**問2** AとBは、「自己中心」についてどのように考えているか。

1　Aは印象が悪いと述べ、Bは現代人は必然的にそうなると述べている。

2　Aは法律で認めるべきだと述べ、Bは法律違反だと述べている。

3　Aは肯定的に述べ、Bは否定的に述べている。

4　Aは客観的な考え方だと述べ、Bは主観的だと述べている。

# 5 情報検索

問題13は、募集案内などの情報素材で、全部で700字程度、問いは２つです。

募集案内のほかに、広告、パンフレットや、情報誌、ビジネス文書なども出る可能性があります。募集案内の基本的な掲載事項は、次のとおりです。

1　日時
2　場所
3　開催の目的、趣旨
4　募集対象の条件（応募資格）
5　応募方法
6　注意事項
7　問い合わせ

このうち、大事なのは、まず「募集対象の条件（応募資格）」です。どんな人が応募できるのか、その条件を確認しましょう。それから、「応募方法」、つまり、応募する際の手続きはどうすればいいのかということです。そして、注意しなければならないのは、この中に必ず、例外の場合について「但し書き」、つまり、「注意事項」が付け加えられていることです。

例えば、応募者の条件について、

◆応募資格：国籍、性別、年齢を問わない。
（但し、営業職希望者は、要自動車免許。）

などと、「但し書き」が付記されている場合です。このような細かいところまで見逃さず、注意深く読むことが必要です。

募集案内は、スピーチコンテストや外国人留学生文学賞などのいろいろなコンテストがよく出題されます。論文や写真や絵画や発明などの作品募集もあります。それから、奨学金や公開講座の受講生の募集、アルバイトや正社員、ボランティアの求人、旅行・ツアーなどの参加者募集などもあります。

また、市民センターやホールなど公共施設の利用案内、それからホームページでの営業案内なども出題されます。

案内の本文は大きく２つのタイプに分けられます。

１つは、奨学金や公開講座の案内のように、情報が４つ、もしくはそれ以上に分かれているもの。もう１つは、コンテストの募集のように全体が１つの情報になっているものです。この場合も、参加者を例えば「大人」と「子ども」等の２つ（以上）の部門に分ける場合があります。

問いも、大きく２つのタイプに分けられると言っていいでしょう。

１つは応募資格に関する問いで、例えば、

「次の４人のうち、応募できるのはだれか。」

「次の４人のうち、応募できるのは何人か。」

というものです。

あるいは、「インドネシアのアリさんは大学生で、日本に５年滞在している」といった応募者の具体的な個人の情報が条件として示されて「アリさんが応募できる会社はどれか。」という問いです。

もう１つは、応募手続きに関する問いで、例えば、

「④の講座に申し込むためにはどのような手続きが必要か。」といったものです。

中には、奨学金の合計金額や、月給がいくらになるかなど、簡単な計算が必要な場合もあるので、計算ミスをしないよう注意しましょう。

## 例題 15

**次のページは、「都市大学　公開講座」の案内の一部である。下の問いに対する答えとして最もよいものを、１・２・３・４から一つ選びなさい。**

**問１** 定年退職した山田さんは、できるだけ短期間で受講したいと考えている。週末は予定があるので平日しか通えない。山田さんに適当な講座はどれか。

1　①
2　②
3　③
4　④

**問２** ③の講座を受講するためにはどのような手続きが必要か。

1　「スポーツ安全保険」に加入後、受講申込書に記載し、返信用封筒同封で 4 月 12 日までに郵送する。
2　受講申込書に「スポーツ安全保険加入希望」と記載し、返信用封筒を同封し、できるだけ早く郵送する。
3　傷害保険に加入後、受講申込書に記載し、返信用封筒同封で郵送し、受講料を 4 月 12 日までに納入する。
4　傷害保険に加入し、受講料を納入後、受講申込書と返信用封筒同をできるだけ早く郵送する。

# 平成○○年度　都市大学　公開講座　案内

## 生涯学習の部

①　教養講座１：人と自然の共生を考える
　期　間：平成○○年６月30日、９月29日、10月20日の土曜日３回
　場　所：中央キャンパス
　締　切：開講１ヵ月前

②　教養講座２：放射線の科学
　期　間：平成○○年６月29日～９月28日　毎週金曜日
　場　所：中央キャンパス
　締　切：定員になり次第

③　スポーツ教室：弓道
　期　間：平成○○年５月12日～６月10日　毎週土・日曜日
　場　所：富士見キャンパス内　弓道場
　締　切：定員になり次第

④　芸術教室：日本画
　期　間：平成○○年４月18日～６月20日　毎週水曜日
　場　所：富士見キャンパス
　締　切：開講１ヵ月前

## 受講申し込み方法

受講申込書に、受講の可否決定通知用の返信用封筒（長形３号（12 × 23.5cm），住所・氏名を記入の上，90円切手貼付）１通を添えて、郵送でお申込みください。
※教養講座，スポーツ教室，芸術教室の申込みは，A4の用紙に次の事項を記入いただいても結構です。
（講座名，氏名，生年月日，郵便番号，住所，電話番号，勤務先，又は在学学校名・学年）
※スポーツ教室については，次の事項も記載してください。
・大学斡旋の「スポーツ安全保険」への加入希望の有・無
・「スポーツ安全保険」への加入を希望しない方は，加入している傷害保険等の名称
（講座参加中の事故等に備え，スポーツ教室を受講される方は，「スポーツ安全保険」または傷害保険のいずれかに加入していただきます。）

## 受講決定

申込者が募集人員を超えた場合は，本学において抽選または先着順により受講者を決定し，受講決定通知，講習料の納入方法，受講案内等を送付します。
※締切に「定員になり次第」と記載されている講座は、先着順となります。

## 受講料

受講決定通知到着後，指定期日までに納入してください。
なお，講座開始後に受講を辞退された場合は，講習料は返還されませんので，ご承知おきください。

## 例題 15　解説

この問題は、与えられた情報の中から、ある条件に合ったものを探し出すことが基本です。

その条件が、問いということです。問いに示された条件を、次のページの情報に当てはめてみれば、正解はわかります。

さっそく問１を見てみましょう。

**問１** 定年退職した山田さんは、**できるだけ短期間で**受講したいと考えている。週末は予定があるので**平日しか通えない**。山田さんに適当な講座はどれか。

問１の条件は、「短期間」と「平日」です。これは、４つの講座の「期間」を見れば、すぐにわかります。

まず、「平日」に講義があるのは、②と④です。

そして、②と④のうち、期間が短いのは④ですから、**4**が正解です。

次に、問２の受講するための手続きについてですが、これも条件を一つ一つ明らかにしていけば、答えはわかります。

「③スポーツ教室」の条件は、保険に加入することです。

・すでに、傷害保険に加入している場合は、その保険の名称を申込書に記入する。

・大学の「スポーツ安全保険」に加入する場合は、申込書に「希望」と記入する。

ということですから、合っているのは２、３、４です。

それから、選択肢の２を見てみると、「申込書と返信用封筒を同封して郵送する」という点も正しく、「できるだけ早く」というのも、③の「締切」が「定員になり次第」となっているので、正しいことがわかります。「受講決定」のところに、「※締切に『定員になり次第』と記載されている講座は、先着順となります。」と書いてあります。

では、選択肢３と４を見てみましょう。両方とも、「受講料」について書いてありますが、「受講料」のところには、「受講決定通知到着後」とはっきり書いてあるので、受講申し込みの段階では、必要ないことがわかります。

つまり、３も４も間違いということで、**2**が正解になります。

※練習問題15は、150ページから始まります。

## 練習問題 15

**次のページは、山岡市が市のホームページ上で公募している「動画コンテスト」の募集案内の一部である。下の問いに対する答えとして最もよいものを、1・2・3・4から一つ選びなさい。**

**問1** 次の4人のうち、応募できるのはだれか。

| | | |
|---|---|---|
| 1 | 田中さん | 趣味で映像を撮り続けている。自分の家族のおもしろ動画に、世界的に有名な映画音楽を組み合わせた作品を応募。 |
| 2 | 高橋さん | 50年前のテレビニュースで紹介された貴重な録画映像に、今回自分で作曲した電子音楽をプラスした作品で応募。 |
| 3 | 上田さん | シナリオライターで、今回、映像専門、音楽専門の友人と3人でプロのグループを結成し、感動動画部門に応募。 |
| 4 | 川島さん | 自分の勤務する山岡市内の会社の紹介ビデオを制作、PR動画部門に応募。現住所はとなりの中山市。 |

**問2** 応募時に必ずしなければならないのは、次のどれか。

1　作品の詳しい紹介を添付資料と共に郵送する。
2　作品を募集サイトにアップロードした後、DVDを郵送する。
3　エントリーフォームに応募した作品の合計数を記入する。
4　エントリーフォームに作品のアピールポイントを記入する。

## 「いいね！　ヤマオカ」動画コンテスト　作品募集

| | |
|---|---|
| **カテゴリー** | 山岡市に関する内容の動画作品を、次の4つの部門に分けて募集します。<br>①おもしろ動画　…　とにかく面白い、笑える映像<br>②めずらし動画　…　世にも珍しいお宝映像<br>③感動動画　…　涙あり、笑いありの感動的なストーリー<br>④PR動画　…　山岡の町を世界に紹介し、アピールしよう！ |
| **募集期間** | 7月1日～9月30日 |
| **応募方法** | 応募者は当サイトの「動画コンテスト　エントリーフォーム」から以下の必須事項<br>［氏名、性別、応募カテゴリー、住所、お電話番号、メールアドレス、作品のタイトル、作品の長さ、作品のアピールポイント］<br>をご記入の上、作品をアップロードしてください。<br>※DVDでの応募は受け付けておりません。ご遠慮ください。<br>※一次審査通過者には、さらに詳しい「作品紹介（資料添付可）」を提出していただきます。提出方法については、一次審査の結果通知の際にお知らせします。 |
| **応募規定** | ・一人何作品でも応募可能です（※応募作品は返却できません。ご了承ください）。<br>・作品は、1～3分までとします。<br>・応募者は応募作品の著作者であることが条件となります（国内外未発表、未展示、他コンテスト未参加のものに限ります）。<br>・プロ、アマに関係なく、国籍、年齢、職業は問いません。<br>但し、「カテゴリー④」に関しては、応募者は山岡市在住の方に限ります。<br>・作品に使用する楽曲・効果音については、オリジナル曲、フリー音源をご使用ください。<br>・グループ（複数名）での応募も可能です（代表者名を明記してください）。 |
| **審査** | 特別審査員、および審査委員会の審査員が厳正に選考いたします。<br>一次審査（10月7日予定）通過作品を当サイトに掲載し、視聴者の反応も考慮した上で、二次審査にて各カテゴリーの優勝作品を決定します。 |
| **発表** | 10月29日に、当サイトで発表予定 |
| **その他<br>注意事項** | 作品の制作、応募に関する費用一切は応募者の負担とします。<br>受賞作品発表後でも、虚偽の事実や規約違反等があった場合は受賞が取り消されます。 |

# 情報検索　復習問題

## 問題１

次のページは、ある旅行社が行っているバス観光の案内の一部である。下の問いに対する答えとして最もよいものを、１・２・３・４から一つ選びなさい。

**問１** 日曜に子ども連れで、東京スカイツリーからの展望を楽しめるコースはいくつあるか。

1　1つ
2　2つ
3　3つ
4　4つ

**問２** 留学生のジャンさんは、来日中の友人を連れて、平日に半日で回れるコースを探している。友人は、特に日本語以外の案内は必要としない。途中でバスを降りて散策ができ、午後7時までには戻れるようなコースにしたい。この場合、適当なコースはどれか。

1　①
2　①と③
3　①と③と④
4　①と②と⑤

# つばめバス　東京観光案内

**◎東京はあまり詳しくない、東京は初めてという方に――おもな見どころをしっかりガイド**

① **東京半日コース**

半日で東京の名所をご案内します。9時半～12時まで30分おきに、6回に分けて出発します。

浅草と東京タワーで下車見物。東京スカイツリーは車窓から見物します。

当コースには昼食は含まれておりません。

所要時間4時間　大人5000円　子供3000円　毎日運行

② **二大タワー展望コース**

東京タワーと東京スカイツリーの二大タワーの展望を堪能します。東京タワー展望の後、浅草で散策と昼食、そして東京スカイツリーへ。東京スカイツリータウンでは80分の自由散策。

10時発　所要時間6時間　大人8000円　子供5000円　毎日運行

**◎ゆっくり時間が取れない方に――昼間や夜の空いた時間に**

③ **オープンバスコース**

２階建てのオープン（屋根なし）バスで解放感たっぷりの観光がお楽しみいただけます。所要時間約1時間半と短く、途中下車はしませんが、銀座－築地－レインボーブリッジコースや、浅草－東京スカイツリーコースなど、東京の名所を巡るコースを多数ご用意しております（食事は含まれておりません）。

※英語・中国語・韓国語・スペイン語の自動案内を聞くことができます。

10時～16時まで4回出発　大人1500円　子供800円　毎日運行

④ **夜景ドライブコース**

美しい夜景を眺めながら東京ゲートブリッジ－お台場（自由散策50分）－レインボーブリッジを通行するコース。夜の東京スカイツリー、東京タワーを車窓からご覧になれます。

※食事は含まれておりません。

18時発　所要時間3時間半　大人2500円　子供1300円　金・土・日曜運行

**◎東京に詳しい方、東京在住の方も楽しめる、一味違った東京の魅力満載**

⑤ **江戸の味満腹コース**

名所を巡りながら伝統の味をおなかいっぱい楽しむコース。築地魚市場で新鮮なお寿司（朝食）－浅草で天ぷら（昼食）－夜は上野でうなぎ料理を味わいます。ショッピング・自由散策の時間もたっぷりあります。

9時発　所要時間10時間　大人10000円　子供6800円　火・木・土曜運行

## 問題２

次のページは、さくら市が募集している市民農園利用案内の一部である。下の問いに対する答えとして最もよいものを、１・２・３・４から一つ選びなさい。

**問１** さくら市に住む田中さんは、野菜作りに挑戦するのは初めてなので、できるだけ小さい畑から始めようと考えている。それぞれの農園に同じ人数の応募者があったと仮定して、抽選の確率が高いものを選ぶとすると、どの農園がいいか。

1　東町農園

2　西町農園

3　北町農園

4　南町農園

**問２** 西町に住む森さんは、現在、西町農園を借りて野菜を作っているが、今度は一番広い農地に移動したいと考えている。この場合、必要な手続きはどれか。

1　往復はがきに「東町農園希望」、「現在　西町農園利用、継続希望」と書いて、市の農政課に郵送する。

2　往復はがきに「東町農園希望」、「現在　西町農園利用、継続は希望せず」と書いて、市の農政課に郵送する。

3　往復はがきに「南町農園希望」、「現在　西町農園利用、継続希望」と書いて、直接市の農政課に申し込む。

4　往復はがきに「南町農園希望」、「現在　西町農園利用、継続は希望せず」と書いて、直接市の農政課に申し込む。

# 市民農園利用者募集案内

◆ **趣旨**

**さくら市では、市民の皆様に野菜や草花等を栽培していただき、土や緑などの自然とのふれあいを通じて農業に対する理解を深めていただくため、市民農園を開設しています。収穫の喜びを味わうとともに、家族や市民相互のふれあいの場としてご利用ください。**

◆ **募集する農園・区画数**

1. 東町農園 145 区画（1 区画約 40 平方メートル）
2. 西町農園 80 区画（1 区画約 30 平方メートル）
3. 北町農園 70 区画（1 区画約 30 平方メートル）
4. 南町農園 120 区画（1 区画約 50 平方メートル）

◆ **貸付条件**

⑴ 市内在住の方に限ります。

⑵ 1 世帯につき、いずれかの農園の 1 区画のみ、お申し込みいただけます。

※ 1 世帯で複数の申し込みをされた場合は無効といたします。

◆ **貸付期間**　2 年間　(平成○○年 4 月 1 日～平成××年 3 月 31 日)

◆ **利用料**　1 年間　5,000 円

◆ **募集期間**　平成○○年 1 月 6 日（金）～ 1 月 27 日（金）(当日消印有効)

◆ **申込方法**

往復はがきに住所、氏名、電話番号、希望農園、現在農園を利用されている方は利用農園を明記の上、市役所農政課へ郵送又は持参でお申し込みください。郵送の場合は 1 月 27 日（金）の当日消印有効、持参の場合は開庁時間内のみの受付となり 1 月 27 日（金）の午後 5 時までとします。

◆ **利用者（区画）の決定方法**　希望農園ごとに抽選を行います。

⑴ はがきによる抽選を行い、当選順に利用区画を決定します。

※現在、市民農園をご利用の方が当選した場合、その区画を継続利用いただけます。継続利用を希望されない方は、お申し込みの際はがきに明記してください。

⑵ 申込数が区画数を上回った場合は落選された方のキャンセル待ちの順番も抽選で決定します。

◆ **抽選会**

厳正なる抽選に基づき当選者を決定いたします。結果につきましては、2 月中旬に返信はがきでお知らせいたします。結果通知到着後、辞退する場合は 2 月 29 日（水）までにお知らせください。

◆ **利用料の納入**

利用が決定した方には、4 月上旬に『利用料納入通知書』を送付いたします。

利用料（1 年ごと）は指定された期日（4 月末）までに必ず納入してください。

## 問題3

**次のページは、山田市の公共施設の利用に関する案内の一部である。下の問いに対する答えとして最もよいものを、1・2・3・4から一つ選びなさい。**

**問1** 次のうち、「ひまわりカード登録団体」として、集会施設の「ひまわりネット利用者登録」が可能なのはだれか。

| | | |
|---|---|---|
| 1 | 中山さん | 山田市にある大学の学生4人で音楽グループを結成している。 |
| 2 | 田中さん | 山田市在住の10人で結成したボランティアグループの代表を務める。 |
| 3 | 上野さん | 山田市の中学生で、先生を代表にして、クラスメート6人で料理の研究会を作った。 |
| 4 | 高橋さん | 山田市にある会社の社員。同僚とバスケットボールのチームを結成。スポーツ施設利用のため登録する。 |

**問2** 山田市に住む留学生アリさんとリンさんは、2人で「留学生交流会」を作って、「ひまわりネット利用者登録」をしようとしている。アリさんが代表として登録する際に必要なものは何か。

1 アリさんとリンさん2人の健康保険証と構成員名簿と「留学生交流会」の会則
2 アリさんとリンさん2人の在学証明書と構成員名簿と「留学生交流会」の会則
3 アリさんの住民票と構成員名簿
4 アリさんのパスポートと登録料

# 山田市公共施設予約システム「ひまわりネット」のご案内

◇「ひまわりネット」とは、市の集会施設とスポーツ施設の申込みがインターネット、各施設に設置されるタッチパネル式パソコン、携帯電話インターネット、電話（自動音声応答式）からできる施設予約システムです。
◇「ひまわりネット」は「集会施設」と「スポーツ施設」の２つの利用種目があり、それぞれ別の登録が必要になります。（団体構成員の人数など登録要件が異なるため、別々に登録していただいています。）

## 「ひまわりネット」を利用した集会施設の申込方法

◇市の集会施設の予約申込（抽選申込・空き枠申込）をするには、あらかじめ公共施設予約システム「ひまわりネット」の利用者登録が必要です。登録ができるのは16歳以上の方です。
◇登録手続きは必要書類を持参のうえ、各「集会施設」の窓口へお越しください。郵送やホームページからは手続きができませんので、ご了承ください。

| 登録種別 | 登録要件 | 必要書類※2 |
|---|---|---|
| ひまわりカード登録団体※1 | ▼「ひまわりカード」の登録要件<br>○５人以上で３分の２以上が市内在住・在勤・在学者で構成され、会則（規約）と名簿を備え付けている団体です。<br>○政治、宗教、営利を目的とした団体は登録できません。<br>○代表者は、市内在住・在勤・在学、または市内に所在する団体の構成員でなければならず、同じ利用種目で２つ以上の団体の代表者を兼ねることはできません。 | ○代表者本人の確認ができるもの<br>○構成員名簿（市民が３分の２以上含まれていること）<br>○会則（規約）<br>○名簿記載者全員の氏名および住所が確認できるもの。<br>在勤・在学の場合は、勤務先または学校の所在地が確認できる証明書かそのコピー。 |
| 市内団体 | 市内在住・在勤・在学の方が１人以上含まれている２名以上の団体 | ○代表者本人の確認ができるもの<br>○構成員名簿（市民が１人以上含まれていること） |
| 市外団体 | 市外の方だけで構成される２名以上の団体 | ○代表者本人の確認ができるもの<br>○構成員名簿 |
| 市内個人 | 市内在住・在勤・在学の方 | 登録者本人の確認ができるもの |
| 市外個人 | 上記以外の方 | 登録者本人の確認ができるもの |

※１　ひまわりカード登録団体で登録すると、施設の利用料金が、登録団体使用料（一般料金の半額）で利用できます。
※２　本人の確認ができるものは、運転免許証、住民票、健康保険証、パスポートなどがあります。

◇登録の済んだ方には、登録カードを発行します。カードは、無料で15分ほどで発行できます。
◇登録の際、窓口に提出していただく利用者登録申請書は、ホームページからダウンロードできます。

## 問題4

**次のページは、あるイベントの参加者募集案内の一部である。下の問いに対する答えとして最もよいものを、1・2・3・4から一つ選びなさい。**

**問1** 出展希望者がしなければならない手続きとして正しいものはどれか。

1　faxで申し込み、出展作品の審査を受ける。
2　携帯電話で申し込み、現金書留で料金を送る。
3　銀行で料金を振り込み、明細書のコピーを郵送する。
4　直接事務所で申し込み、料金はオンライン決済で払う。

**問2** フィリピンの留学生アキノさんは当日ギターの演奏を計画している。また、出展者紹介も希望している。アキノさんが申し込み完了後しなければならないのは何か。

1　演奏の事前申請をして、紹介文と写真をメールで送る。
2　紹介文と写真をHPの申込フォームから送り、消防の事前申請をする。
3　まず契約IDの取得を申請して、それから紹介文と写真をネットから送る。
4　紹介文と写真を郵送して、演奏の事前申請をする。

## ⁂ デザイン・マーケット出展者募集 ⁂

デザイン・マーケットは、オリジナルであれば審査なしで、だれでも参加のできるアートイベントです。 プロ・アマチュア問わず、「自由に表現できる場」を提供しています。
会場では、年齢や国籍・ジャンル・スタイルを問わず、5000人以上のアーティストの表現に出会えます。デザイン・マーケットは、だれにでもある「表現したい！」という気持ちを応援します。斬新なアート作品や日常を彩る雑貨、アーティストとの交流、ライブパフォーマンスや世界各国のグルメなど、デザイン・マーケットで新しい出会いの輪を広げていきましょう。

**◆日時：20xx年11月xx日**
**◆場所：東京ビッグサイト　出展ブース数：2000　（約5000人出展予定）**
**◆展示内容：作品展示・販売・パフォーマンスなど**
**◆出展料：1日10,000円～30,000円**

**◆申し込み**
ブースエリアのご出展は、インターネット、携帯電話、郵送、fax、からお申し込み頂くことができます。直接当事務所へ来て頂いても結構です。代表者情報・出展情報・ご希望のブースタイプ・ご利用のオプション等をご入力・ご記入の上、お申し込み下さい。全ブース売り切れ次第受付を終了します。入金確認が完了した順にブースの場所を決定します。
インターネットからお申し込みの場合、お申し込み後、自動返信メールにて契約ID、お申し込み内容をお知らせいたします。契約IDは出展者紹介、追加オプションの申し込み等で必要になりますので大切に保管して下さい。

**◆料金支払い**
当事務所にて直接入金、銀行振込、現金書留、各種オンライン決済（クレジットカード決済またはコンビニ決済、ただし、インターネットでお申し込みの場合のみ）にて、ブース出展料をお支払い下さい。
お申し込み日より10日以内（土・日・祝日含む）にお支払い下さい。期限を経過した場合は自動的にキャンセルとなります。
入金確認完了通知をメール・お電話・ご郵送いずれかの方法にてお送りします。また、ご入金より1週間を過ぎて、入金確認が届かない場合は、お手数ですが当事務所までご連絡下さい。
※金融機関発行の振込（取引）明細書、払い込み受領書をもって領収証に代えさせて頂きます。

**◆出展者紹介（希望者のみ）**
出展名と作品をHPにてご紹介致します。締め切り日（8月31日）までに、当HPの出展者紹介申込フォーム、又は郵送にて、紹介文（300字）と写真（4枚まで）をお送り下さい。デザイン・マーケットの公式サイトに情報を掲載させて頂きます。
なお、一度ご提出頂いた内容は変更できませんのでご了承下さい。

**◆事前申請（必要な方のみ）**
火気・消防申請：ブース内で以下の項目のものをご使用される場合は必ず事前に火気・消防申請が必要です。（高さが4mを超えるもの/2階建て・屋根付構造のもの/キャンドル、お香、バーナーなどの火を発生させるもの/危険物の表示があるもの）
演奏・パフォーマンス申請：ブース内で演奏やパフォーマンスをされる方は必ず事前（イベント当日の1ヵ月前まで）に申請が必要です。詳細はメール等でご案内いたします。

# 第3章

# 実戦模試

## 日本語能力試験　N1　読解

# 第1回　実戦模試

## 問題1

**次の（1）から（4）の文章を読んで、後の問いに対する答えとして最もよいものを、1・2・3・4から一つ選びなさい。**

（1）

最近では、さまざまな輸入花を見ることができるし、かつてないほど洗練されたバラの花や蘭（らん）の花を手に入れることもできる。シクラメンやポインセチアなど、季節の風物詩として定着したものもある。が、そんな中にあっても、桜だけは別格という気がする。なんというか「花」という言葉ではくくりきれない、存在そのものが果てしない広がりを持った、まことに不可思議なもの——、それが桜だ。

（俵 万智『風の組曲』河出書房新社による）

**1** 桜の花に対して筆者はどのように感じているか。

1　他とは比べものにならないほど存在感のある桜には「花」以上のものを感じる。

2　桜は海外から輸入した花に比べ、洗練されており、詩的な情緒を感じさせる。

3　桜には多くの種類があり、今では各地に分布し、世界的な広がりを見せている。

4　日本の象徴として世界的に知られた桜の花は、もはや「花」とは言えない。

(2)

現在、世界の海で魚の乱獲が進んでいることは、海の生態系という自然資本を傷つけた結果、そこから提供される生態系サービスの量が、どんどん低下している状況を反映している。このままの生活を続けていれば、やがて資本はすべてなくなり、そこから提供されるサービスもなくなってしまう。

こうした現象が起こっているのは、海の生態系だけに限らない。WWF(注)は、このような人間の暮らしを「生態系の負債」を積み重ねる借金生活のようなものだと表現している。

(井田徹治『生物多様性とは何か』岩波新書による)

(注) WWF：World Wide Fund for Nature　世界自然保護基金

**2** こうした現象とは、どんなことか。

1　資本主義の追求が、人に借金をさせ、暮らしを貧しくさせていること
2　海産物への投資が減ったため、ビジネスが成り立たなくなっていること
3　自然を傷つけたため、自然から得られる産物の量が減っていること
4　WWFが自然の生態系を守るため、乱獲者を監視していること

**(3)**

私ははじめ、アフリカのサバンナの人たちの歴史意識を研究して、『無文字社会の歴史』などという本も書いた。だが、この人たちとのつきあいが長く、深くなるにつれ、私は「無」文字社会という欠落を意味する表現は、文字があることを社会の「進歩」によって達成されるべき段階のように考え、それを前提としてあるべきものがないとでもいうようなとらえ方に、やはりまだどこかで汚染されているように思い、「文字を必要としなかった社会」というとらえ方もあると思うようになった。

（川田順造『コトバ・言葉・ことば　文字と日本語を考える』青土社による）

**3** 現在の筆者は「サバンナの人たちの社会」についてどのように考えているか。

1　まだ文字が発明されていない段階の社会

2　文字がなくても進歩を遂げている社会

3　社会の前提としてあるべきものがない社会

4　文字よりも人間関係を重視する社会

（4）

人間にとって「家」とは単に、雨露をしのぐ屋根を意味するだけではないはずだ。「家」が破壊されるという出来事は単に、ブロックでできた箱が瓦礫（がれき）の山になることに還元できはしないはずだ。阪神淡路大地震の被災者が、海外で大地震が起きるたびに、被災者に対する支援活動に積極的に取り組むのも、住まいを失った人々が被る喪失の深さや精神的打撃の大きさを誰よりも深く知っているからだろう。

（岡 真理『棗椰子（なつめやし）の木陰で 第三世界フェミニズムと文学の力』青土社による）

**4** 筆者は人間にとって家が破壊されることは、どのようなことを意味すると言っているか。

1　木やコンクリートでできた箱がゴミの山になるということ
2　雨や風から守ってくれるものがなくなるということ
3　ショックが大きく、深い喪失感を覚えるということ
4　何よりも被災者に対する支援活動が必要だということ

# 問題２

　次の（1）から（3）の文章を読んで、後の問いに対する答えとして最もよいものを、1・2・3・4から一つ選びなさい。

（1）

「水に流す」という日本語独特の慣用句がある。言うまでもないが、「過ぎ去ったことをとがめず、こだわらない」という意味だ。日常的に川で洋服や食器を洗い、文字通り、汚れを水で流していたところから生まれた、という説が有力のようだ。（略）

　英語やフランス語の辞典をパラパラめくってみても、この「水に流す」に相当する慣用句は出てこない。文字通り、水で洗い流すかのようにあっさりとなかったことにしたほうがよい過去もある、というのは、日本文化独特の価値観なのかもしれない。

　ところが最近、診察室（注）には、過去を「水に流せない」どころか、一瞬たりとも忘れられない、という人が多くやって来る。ある患者さんは、つらそうな顔でこう語った。

「ほかの人たちは、昔のいやなことを簡単に忘れられるのでしょう？　そうでなくても、時間がたてばいやな記憶も薄れていく、って言いますよね。私は違うんです。中学のときに先生から言われたひとこと、親からの言葉、全然、忘れられません。いつも、“どうしてあの人はあんなひどいことを言ったんだろう？”と考えているんです」

　しかもその人は、考えるたびに悲しさやつらさ、怒りまでが、まさにいま、そう言われたかのようによみがえってくる、とも言うのだ。（略）

　教師や親に傷つけられた記憶が鮮明に残っているなら、初恋の人に告白して受け入れられたとき、大学受験に合格したときなどのときめきやうれしさも、同様に鮮明に記憶に残っていてもよさそうだ。しかし、その人は「そんなことはまったく覚えていない」と言うのだ。

（香山リカ　『しがみつかない生き方　「ふつうの幸せ」を手に入れる10のルール』幻冬舎新書による）

（注）診察室：ここでは筆者の勤める精神科の診察室

**5** 「水に流す」という慣用句の説明として、正しいものはどれか。

1 もともとは川の水で洗うという意味で、世界各国に共通した言い方がある。

2 水のように透明できれいな心の状態を表し、外国語に訳すのは困難である。

3 歴史を大事にする欧米の辞書には相当する語句がなく、世界でも珍しい。

4 過去のことにはこだわらないという日本独特の価値観を表す。

**6** 最近の患者の特徴は、どうだと言っているか。

1 いやな思い出をいつまでも忘れられない人が多くなった。

2 いやなことも良かったことも全部忘れる人が多くなった。

3 いやな記憶に対して、急に怒りを爆発させる人が多くなった。

4 いやな記憶を話した後は、それを全部忘れる人が多くなった。

**7** 「ある患者」の話を聞いた筆者は、どのように考えたか。

1 いやな記憶は水に流して、うれしい記憶を思い出せばいいだろう。

2 いやな記憶、つらい記憶には悲しさや怒りの感情が伴うだろう。

3 いやな記憶が忘れられないなら、うれしい記憶は全部忘れているだろう。

4 いやな記憶と同様に、うれしい記憶も当然忘れられないだろう。

## (2)

ゾウにはゾウの時間、イヌにはイヌの時間、ネコにはネコの時間、そして、ネズミにはネズミの時間と、それぞれ体のサイズに応じて、違う時間の単位があることを、生物学は教えてくれる。(略)

たとえば、息を吸って吐いて、吸って吐いて、という繰り返しの間隔の時間を心臓の鼓動の間隔の時間で割ってみると、息を一回スーッと吸ってハーッと吐く間に、心臓は四回ドキンドキンと打つことが分かる。これは哺乳類ならサイズによらず、みんなそうだ。

( ① ) 割ってみよう。そうすると、哺乳類ではどの動物でも、一生の間に心臓は二十億回打つという計算になる。

寿命を呼吸する時間で割れば、一生の間に約五億回、息をスーハーと繰り返すと計算できる。これも哺乳類なら、体のサイズによらず、ほぼ同じ値となる。

物理的時間で測れば、ゾウはネズミより、ずっと長生きである。ネズミは数年しか生きないが、ゾウは100年近い寿命をもつ。しかし、もし心臓の拍動を時計として考えるならば、ゾウもネズミもまったく同じ長さだけ生きて死ぬことになるだろう。小さい動物では、体内で起こる現象のどれもテンポが速いのだから、物理的な寿命が短いといったって、②一生を生き切った感覚は、案外ゾウもネズミも変わらないのではないか。

時間とは、もっとも基本的な概念である。自分の時計は何にでもあてはまると、なにげなく信じ込んで暮らしてきた。③そういう常識をくつがえしてくれるのが、サイズの生物学である。

(本川達雄『ゾウの時間　ネズミの時間』中公新書による)

**8** ( ① ) に入る適当な言葉はどれか。

1　心臓の鼓動時間を寿命で

2　心臓の鼓動時間を呼吸する時間で

3　寿命を心臓の鼓動時間で

4　呼吸する時間を寿命で

9 ②一生を生き切った感覚は、案外ゾウもネズミも変わらないとあるが、どういうことか。

1　ゾウもネズミも体内のテンポは同じだということ

2　ゾウはネズミより、ずっと長生きだということ

3　ゾウもネズミも体のサイズに応じて、寿命がそれぞれちがうということ

4　ゾウもネズミもそれぞれが実感する寿命の長さは同じだということ

10 ③そういう常識とは、どんなことか。

1　人間にとって、時間が最も基本的な概念だということ

2　人間が使う時計は他の動物にもあてはまると思い込んでいること

3　大きい動物の方が物理的な寿命が短いということ

4　ゾウもネズミも全く同じ長さだけ生きて死ぬということ

## (3)

ぼくはここで、事実とは何か、真実とは何か、といったむずかしい問題を論じようとは思わない。ぼくがいいたいのは、何かを取材するときにイメージというものが大きな働きをするということなのである。取材とは、ある意味では、自分の抱くイメージとの戦いであるといってもいい。(略) ジャーナリストにとっては、ものごとについての自分のイメージを、ことあるごとに反省するということが大切なのだ。(略)

だが、①それはなかなかむずかしい。自分の抱いているイメージとは、自分がつくりあげている世界そのものである。それを否定することは、自分を否定することだ。どんな人でも、自分をそうかんたんに否定できない。自分のイメージが崩れてゆくのをだれも好みはしない。

砂漠といえば、多くの人たちは、「果てしない銀色の砂の海」を思い描く。ぼくもそうだった。そのイメージにひかれて、ぼくはサハラ砂漠へ出かけて行ったのである。だが、サハラは銀色の砂の海などではなかった。行けども行けども、ただ石ころだらけの褐色の不毛地がひろがっているだけなのだ。むろん「砂の海」もないわけではないが、その部分はサハラ全体のごく一部で、せいぜい7パーセントにすぎない。しかも、その砂は銀色ではなく、妙に赤味を帯びた淡褐色だった。

②ぼくの砂漠のイメージは見事に裏切られた。だが、その石ころだらけの不毛地や淡褐色の砂丘が、砂漠の新しいイメージをぼくの中につくりだした。その体験は、最初は拍子抜けだったが、つぎにはべつのイメージの誕生だった。取材というのは、こういうものだとぼくは思う。

取材とは、イメージから発想がべつのイメージに生まれかわる、その道行きのことなのである。

(森本哲郎『「私」のいる文章』ダイヤモンド社による)

**11** ①それはなかなかむずかしいとあるが、何が難しいのか。

1　真実とは何かをはっきりさせること
2　イメージが大きな働きをすること
3　自分のイメージを否定すること
4　自分のイメージを作り上げること

**12** ②ぼくの砂漠のイメージは見事に裏切られたとは、どういうことか。

1 広大だと思ったサハラ砂漠が実際はとても狭くて小さいものだったこと
2 サハラ砂漠での筆者の取材が実際は93パーセントまちがっていたこと
3 自分のサハラ砂漠に対するイメージが想像以上に崩れにくかったこと
4 サハラ砂漠が「砂の海」ではなく石ころだらけの不毛地だったこと

**13** 筆者は、取材についてどのように考えているか。

1 取材とは、既成のイメージとの戦いであり、反省する暇はないのである。
2 取材とは、既成のイメージが新しく生まれ変わる、その過程のことである。
3 取材とは、イメージを手段として、事実に迫ることである。
4 取材とは、がっかりするような体験が多く、疲れるものである。

## 問題3

**次の文章を読んで、後の問いに対する答えとして最もよいものを、1・2・3・4から一つ選びなさい。**

開業医をしていた私の父が、診断書を書くときの心得について、くり返し言っていたことがある。診断書を書くとき、例えば、

向こう二週間の安静加療を**要する**。

というふうに書かないで、かならず、

向こう二週間の安静加療を**要するものと認められる**。

と、文末に**られる**をつけるべきである。

もし診断書が法廷に持ち出された場合、**られる**のあるなしは医師の立場に微妙な差異をもたらす。**要する**と断定的な表現が用いてあれば、医師の診断、特に**何日間**治療しなければならないかという点が、絶対に動かしがたいものとして受け取られる恐れがある。そのためその医師が引っ込みのつかない場面(注1)に追い込まれることもありうる。それに対して**認められる**を加えておけば、一週間と書いたものが四日で治っても、一カ月かかってもそれほど治療日数の多寡(注2)に責任を持たなくてもよい。言い換えると、**要する**という表現は科学的な客観的な判断を示すのに対して、**要するものと認められる**の方は判断する人の主観的な「私にとってはそう感じられる」、したがって「他の人は別な判断をするかもしれないし私の判断が絶対的な動かしがたいものであるとは限らない」という含みを持つから、万一のときに変な責任を背負い込まされる心配がない、と大体こういう理由であったらしい。

①これは父自身の意見ではなく、その恩師から受けた教えであると聞いた。法廷でこのような表現の差異が実際に問題になったという例を私は聞いたことがないし、また父もその恩師もそのような問題で、法廷で何か問題に巻き込まれたという話はなかったようである。運勢判断にせよ天気予報にせよ、予測というものが単に確率の問題に過ぎないものであることは万人の認めるところである。(略)したがって、医師の診断書にも世間の人は寛大(注3)であって、それほど②厳しく誤差を追及しないのが常である。まして、**られる**のあるなしによって医師の立場が③微妙に変化するとは想像できない。**られる**は私の父が信じていたほどには効能(注4)を持っていなかったのではなかろうか。

けれども、文末に**られる**を使うか使わないかによって文意に微妙なちがいが出てくることを、はっきりと意識し、その使い分けを実行するという習慣がかつてあったことは、とにかく興味のあることである。

個人差はあるが現在でも日本人の判断様式に、**られる**の有無が意識下では常に吟味(注5)され、**である**と断定するか、**であると思われる**とするかによって、話し手も聞き手も文意の強さ

弱さの微妙な違いを計算している。あるいは、**られる**の表れ方によって話し手の人柄までが推測されていることもある。あってもなくてもよいというものではなく、**られる**は今でも退化しないでその機能を果たしているのである。

（板坂 元『日本人の論理構造』講談社現代新書による）

（注1）引っ込みのつかない場面：責任を回避できない場面
（注2）多寡：多い少ない
（注3）寛大な：心が広くやさしい
（注4）効能：効果、ききめ
（注5）吟味する：くわしく調べること

**14** ①これとあるが、何を指しているか。

1　診断書を書くときは、治療の日数に最も注意すべきだということ
2　診断書を書くときは、法廷に立つときと同じだということ
3　診断書を書くときは、文末に「られる」をつけるべきだということ
4　診断書を書くときは、責任をとる心配がないということ

**15** ②厳しく誤差を追及しないとあるが、それはなぜか。

1　予測というものが確率の問題に過ぎないことはみんな知っているから
2　「られる」のあるなしで微妙に違うことは、みんな意識しているから
3　昔から伝わる古い習慣だということをみんな知っているから
4　診断書にはそれほど効能がないことをみんな知っているから

**16** ③微妙に変化するとあるが、どのようなことを指すか。

1　客観的になったり主観的になったりすること
2　法廷に立たされたり立たされなかったりすること
3　科学的になったり感覚的になったりすること
4　責任を問われたり問われなかったりすること

**17** 筆者がこの文章で最も言いたかったことはどれか。

1　医師が意識しているほど「られる」が機能を果たしているとは思えない
2　「られる」という表現は微妙であるからはっきり意識することは難しい
3　以前ほど意識されていないが、「られる」は今でも機能を果たしている
4　「られる」は微妙な差異しか表さないから以前ほど意識する必要はない

## 問題４

次のＡとＢの文章を読んで、後の問いに対する答えとして最もよいものを、１・２・３・４から一つ選びなさい。

A

競技者であればだれでも、より強い人と競い合い、刺激されたいという気持ちを持つだろう。それが自分の住んでいる地域だけでなく、国のレベルまで広がれば、もっと強い相手との競技が可能になり、もっと高度なプレーに挑戦できる。国を超えたレベルまで広がれば、さらに可能性は広がるに違いない。

しかし、実際に国を超えて競技するというのは難しい問題である。そこには政治がからんでくるからだ。オリンピックはそういった難問を解決し、世界を一つにすることで競技者に希望を与えてくれる。そして観客には感動を与えてくれる。この希望と感動は、人々がさまざまな可能性に挑戦するためのエネルギーになるのである。

B

「オリンピックは参加することに意義がある」とは、昔から語られてきた名言だ。即ち、金メダルを取ることが第一義ではないということを表す。参加する選手にとって、その舞台は単なる競技の場以上のものだ。それを理解せず、ただ単に国内競技の延長と見る者は、結局、そこに勝ち負けの結果だけを見ることになる。あるいは、メダルの数だけを数えて、どこの国が強いだのと、代理戦争のような見方までする者もいる。それではつまらないと思わないか？

もちろん、参加するだけで満足して、馴れ合いの試合をするのでは意味がないが、国内では出会えない選手と戦い、交流することに意義がある。生きた人間と人間が競技を通して関係を結び、個人としても人間性を深める。そこに新しいドラマが生まれる。そこがおもしろい。

**18** オリンピックについて、AとBの文章で共通して述べられていることは何か。

1　国内競技を単純に世界へと延長した競技会である。

2　国を超えた競技会であるという点に価値がある。

3　参加者に加え、世界の人々に夢と可能性を与えてくれる。

4　観客には競技の結果やメダル数にこだわる者もいる。

**19** オリンピックへの参加について、AとBはどのように考えているか。

1　Aは他国選手との交流に価値があると考え、Bは代理戦争のようなものだと考えている。

2　Aは政治的な要素が大きいと考え、Bは政治とは無関係な競技会にすべきと考えている。

3　Aは参加者にとって夢の舞台だと考え、Bは観客にとってのドラマだと考えている。

4　Aは参加者の可能性を広げると考え、Bは勝敗より大事なものがあると考えている。

## 問題5

**次の文章を読んで、後の問いに対する答えとして最も良いものを、1・2・3・4から一つ選びなさい。**

自分たちの暮らす地域は、他所(よそ)と比較するものではない。そこは、自分たちにとっては世界の中心であり、絶対的な場所である。なぜなら、この地域に生まれた自然や歴史、文化、共同体とともに、自分もまた存在しているからだ。それらと自分自身とは、①分離できない相互性を持っているのだ。(略)

以前に、群馬県の上野村に暮らすおばあさんに、「この村から一度も出たことのない私が言うんだから、間違いない。この村が日本で一番よい所だ。」と言われて、私はとても感動した。自分を作り出している村は、比較する必要もなく、一番よい所である。

人間は、かかわりあう世界の中で、自分を作り出している。この世界は、自分が直接かかわり合う世界であり、その意味でローカルな世界である。「我らが世界」なのである。

グローバル化していく市場経済の中で暮らしている現在の私たちが失っているものこそ、この「我らが世界」であり、自分を見つけ出すことのできる「かかわり合う世界」である。

20世紀の社会は、市場経済を舞台にして、すべてのものを交換可能なものへと変えていった。交換可能な領域を拡大することによって、市場経済は「発展」し、そのグローバル化を推し進めていったのである。この動きの中に、人間も巻き込まれ、気がつくと私たちは、いつでも他の人々と交換されてしまう労働の世界で働いていた。交換可能な地域で暮らしながら、根無し草のように、市場経済が作り出した世界の中を漂流するようになっていた。

市場経済が拡大していく背景には、②このような問題が潜んでいた。だからそれは、単なる経済の効率化の問題ではなかった。(略)

より重要なのは次のようなことである。市場経済が拡大すればするほど、私たちは自分の存在をつかみ取ることができなくなること。かかわり合う世界を失ってしまえば、人間は消費され続ける世界に飲み込まれてしまうこと。交換可能な世界の中で、人間自身が、消費され続けるように働き、暮らす社会を作り上げてしまうことだ。グローバル化という形で拡大していく③市場経済は、人間自体に対して深刻な問題を投げかけているのである。だからこのような時代には、だれもが、自分の確実な存在を見つけ出せないのである。

そう考えたとき、私は上野村のおばあさんの表情を作り出した世界に戻る。彼女は、かかわり合う世界の中で、自分を見失うことなく生きていた。かかわり合う世界が、自分は何者なのかを教えてくれていた。

人間は関係の中で自己を作っている。この関係する世界を見失ったとき、人間は漂流し始める。市場経済は、この漂流する個人を、交換可能な世界に飲み込むことによって、グローバル化を遂げてきたのであった。

（内山 節「この村が日本で一番」2001年3月9日付朝日新聞夕刊による）

**20** ①<u>分離できない</u>とあるが、何と何を分離できないのか。

1 地域と世界の中心

2 自然や歴史と文化や共同体

3 地域の自然や文化と自分自身

4 自分自身と相互性

**21** ②<u>このような問題</u>とあるが、何を指しているか。

1 交換可能な領域を拡大することで、グローバル化が推し進められたこと

2 市場経済によって、人間も交換可能な存在として漂流するようになっていたこと

3 市場経済が拡大していったことで、経済の効率化がより進んだこと

4 20世紀の社会においても、労働の現場では人身売買が行われていたこと

**22** ③<u>市場経済は、人間自体に対して深刻な問題を投げかけている</u>とあるが、なぜか。

1 市場経済が拡大すると、人は自分の確かな存在を見つけ出せなくなるから

2 市場経済が拡大すると、人は消費され続け、休むことができなくなるから

3 市場経済が拡大すると、人は食べ物を消費することしか考えなくなるから

4 市場経済が拡大すると、人は財産を増やすため、消費を少なくするようになるから

**23** この文章で、筆者が最も言いたいことはどれか。

1 上野村のおばあさんの言うとおり、市場経済の中で暮らす私たちにとっても、今住んでいる地域こそ世界の中心である。

2 グローバル化を推し進めていったのは、市場経済の中に暮らす私たち自身であり、その結果、世界を漂流することになった。

3 自分たちの暮らす地域は、自分たちにとっては世界の中心であり、絶対的な場所である。この地域とともに、自分も存在しているからだ。

4 市場経済の中で暮らす私たちは、かかわり合う世界を見失っていたが、上野村のおばあさんが住む世界は日本で一番いいところだった。

## 問題6

**次のページは、ある大学の奨学生募集案内の一部である。下の問いに対する答えとして最もよいものを、1・2・3・4から一つ選びなさい。**

**24** この大学の大学院遺伝子工学研究科に在籍するブラジル出身の学生が、応募可能で、奨学金の支給総額が最も多いものはどれか。

1 ①

2 ②

3 ③

4 ④

**25** ⑤の奨学金に応募するためにはどのような手続きが必要か。

1 学長の面接試験を受けて推薦状をもらい、大学の窓口に申し込む。

2 小論文の試験を受けて推薦状をもらい、財団に直接申し込む。

3 小論文と「推薦状交付願い」を書いて、大学の窓口に申し込む。

4 「推薦状交付願い」を学長に提出し、小論文を大学の窓口に提出する。

## ○○大学奨学生募集

| | 団体名・人数 | 対象・支給金額 | 必要書類 | 申込期間・試験 |
|---|---|---|---|---|
| ① | 森ロータリー<br>約 500 名 | 学部生　月 10 万円　1 年<br>院生　　月 14 万円　1 年<br>※ 45 歳未満 | 指導教員からの推薦状<br>小論文 | 10/1 ～ 10/15<br>筆記試験あり |
| ② | 佐藤奨学財団<br>11 名 | 学部生　月 12 万円　2 年<br>院生　　月 18 万円　2 年<br>※アジア出身の学生に限る | 指導教員からの推薦状<br>研究計画書（院生のみ） | 9/5 ～ 9/11<br>面接試験 10 月<br>27・28 日 |
| ③ | ＫＤＩ財団<br>10 名 | 院生　月 10 万円　12 ヶ月または 18 ヶ月<br>※研究生は不可<br>※情報通信に関するテーマを研究していること<br>※ 35 歳以下 | 学長からの推薦状 | 8/29 ～ 9/7 |
| ④ | 国際奨学財団<br>15 ～ 20 名 | 院生　月 20 万円　1 ～ 2 年<br>　　　月 18 万円　3 年<br>　　　月 15 万円　4 ～ 5 年<br>※アジア出身の学生に限る | 教授からの推薦状 | 9/1 ～ 11/30<br>面接試験 2/1 ～ 15<br>※直接当財団に申し込むこと |
| ⑤ | ＳＮ国際協会<br>若干名 | 学部生　月 8 万円　1 年<br>院生　　月 8 万円　1 年<br>　　　　20 万円　一括支給<br>※アジア・アフリカ・中近東・中南米の学生に限る<br>※社会問題の解決に取り組む研究に携わる者 | 学長からの推薦状<br>小論文 | 9/28 まで<br>11 月に面接試験あり |

≪注意事項≫

・特に記載のないものは、年齢、国籍、研究分野を問いません。

・試験についても、記載のないものは書類選考のみとなります。

・また、④国際奨学財団以外は、当大学から申請しますので、応募についての詳細は、所属する学部・研究科の奨学金担当窓口でお問い合わせください。

・推薦状は担当窓口で手続きしますので、「交付願い」を担当窓口に提出してください。

# 第2回　実戦模試

## 問題1

**次の（1）から（4）の文章を読んで、後の問いに対する答えとして最もよいものを、1・2・3・4から一つ選びなさい。**

（1）

健康と病気を比較すれば、病気は確かに悪い状態だといえるでしょう。しかし見方を変えると、病気は悪い事態がからだに発生したことを私たちに知らせているわけですから、よい面も持っているともいえるのです。

もし痛みがなかったら、どうなるでしょう。病気に気づくのが遅れてしまいます。腫れは炎症ですが、それは血流の増加をも意味しています。傷が治るためには、大量の酸素や栄養を患部に送って組織を修復しなければなりません。発熱も、代謝経路を活発化するためには、特に大切です。発熱なくして病気は治らないといってもよいくらいです。これらについて理解しなければ、病気と正しく付き合うことはできません。

（安保 徹『病気は自分で治す　―免疫学101の処方箋―』新潮文庫による）

| 1 | 筆者によると、病気のよい面とは何か。

1　病気の原因を一目でわかるように教えてくれること
2　からだが自分で病気を治せるかどうかを示していること
3　病気に早く気がつけば、早く治せるということ
4　からだが回復に向かっている状態だということ

**(2)**

企業において課長・部長という管理職に昇進することに関しては、学歴の高い大学・大学院卒が高卒よりもだいぶ有利である。そして昇進した人はかなり高い賃金を得ている。しかし、高学歴の人がすべて昇進するわけではなく、仮に大卒であっても地位の低いところで働く者もたくさんおり、それらの人の賃金は昇進していないので高くない。昇進した大卒者と昇進していない大卒者の全員を平均すると、賃金はそう高くならないのである。そのため、日本では学歴間の賃金格差は、全体としては大きくないということになる。

（橘木俊詔『日本の教育格差』岩波新書による）

**2** この文章から、どのようなことがわかるか。

1　日本の企業に就職するなら、できるだけ高い学歴が必要である。

2　日本の企業では、学歴の差はあまり賃金に反映されない。

3　日本の企業で学歴が重視されるかどうかは、経営者によって異なる。

4　日本の企業で昇進できるかどうかは、何よりも学歴次第である。

**(3)**

ミメティスムという語がある。ある種の動物は身を守るために環境の変化に応じて外見を変化させる。日本語では擬態と訳されているようだが、保護色はその代表である。ミメティスムのもうひとつの意味は、無意識に他人の真似(まね)をしてしまう、ということである。人間の場合、このようなミメティスム行動は、おもに衣服を通して行なわれる。ただし、動物と違って、人間の心はかなりわがままにできている。他人と同じでは気がすまないという衝動ももっている。

文明社会のなかで、衣服が、文化となり、経済活動の重要な構成要素となり、あるいは社会秩序の不可欠の要素となったのは、人間がミメティスムと<u>反ミメティスム</u>の二つの傾向を併せもっているからである。

（北山晴一『衣服は肉体になにを与えたか』朝日選書による）

**3** <u>反ミメティスム</u>とは、どういうことか。

1　環境の変化に応じて外見を変化させること
2　無意識に他人のまねをしてしまうということ
3　他人とは違った衣服を身に着けようとすること
4　衣服は社会秩序の不可欠な要素だと考えること

（4）

すべての本はやがて失われる。だが、自分の読んだ本は、自分が自分をとらえる手がかりであり、もうひとりの自分というものである。人間のつくった本は、本という形を超えて、人間の活動の中に生きている。

（略）

私は、自分が老いるにつれて、子どものころの、ありとあらゆる本を読むという理想が失われて、自分の読むことのできない本を、向こうに静かに眺める位置に移っている。しかし、未来にあるどんな本の中にも、私はとじこめられたくない。どんな本も、それは自分を解放する手がかりだ。

（鶴見俊輔 編『本と私』岩波新書による）

**4** 筆者は本というものをどのようにとらえているか。

1　老いた自分にも理想を失わないよう夢を与えてくれるもの

2　人間の創造や活動を歴史として忠実に書きとめたもの

3　自分を知り、自分を自由にするきっかけになるもの

4　自分を成長させてくれるが、その内容は忘れられるもの

## 問題2

**次の（1）から（3）の文章を読んで、後の問いに対する答えとして最もよいものを、1・2・3・4から一つ選びなさい。**

（1）

障害者の人たちが長年かけて浸透させてきた概念の一つに「バリアフリー」がある。誤解してはいけないのは、駅にエレベーターをつけたり、歩道の段差をなくすこの「バリアフリー」は、障害者の人たちが「かわいそう」だから進めるのではない、ということだ。（略）

少なからぬ人々が普通に外を出歩けない状態は、その人たちの側に「問題」があるのではなく、社会の側に「問題」がある。その意味で、社会の「障害」、社会の「不自由」である。（略）

人々に働く場所や住むべきアパートを確保できないという社会の不自由によって、野宿者や「ネットカフェ難民」が生み出されている。貧困問題も、本人の「問題」ではなく、社会の「問題」である。（略）

なぜ貧困が「あってはならない」のか。それは貧困状態にある人たちが「保護に値する」かわいそうで、立派な人たちだからではない。貧困状態にまで追い込まれた人たちの中には、立派な人もいれば、立派でない人もいる。それは、資産家の中に立派な人もいれば、唾棄すべき人間もいるのと同じだ。立派でもなく、かわいくもない人たちは「保護に値しない」のなら、それはもう人権ではない。生を値踏みすべきではない。貧困が「あってはならない」のは、それが社会自身の弱体化の証だからに他ならない。

貧困が大量に生み出される社会は弱い。どれだけ大規模な軍事力を持っていようとも、どれだけ高いGDPを誇っていようとも、決定的に弱い。そのような社会では、人間が人間らしく再生産されていかないからである。誰も、弱い者イジメをする子どもを「強い子」とは思わないだろう。

人間を再生産できない社会に「持続可能性」はない。私たちは、誰に対しても人間らしい労働と生活を保障できる、「強い社会」を目指すべきである。

（湯浅 誠『反貧困 —「すべり台社会」からの脱出』岩波新書による）

5 筆者は「貧困」について、どんな問題だと言っているか。

1 障害者の一部として扱うべき問題
2 障害者とは同列に扱ってはならない問題
3 あくまでも各自の自己責任とすべき問題
4 あくまでも社会が解決すべき問題

6 貧困をなくさなければならないのは、なぜか。

1 貧困は社会の衰退を招くから
2 貧困者の中には有能な人物がいる可能性があるから
3 資産家の権力に対抗できなくなるから
4 貧困を許すことは憲法違反であるから

7 筆者の言う「強い社会」とは、どのような社会か。

1 軍事力と経済力のバランスの取れた社会
2 軍事力よりも経済力を優先する社会
3 子どもがたくさん生まれる生産力の高い社会
4 幸せに子どもを生み育てられる安全な社会

## (2)

①<u>人間の目は、晴れていてしかも暗い夜、星空を一番楽しめるようにできている</u>。目の感度の下限がそうなっているのだ。もし、感度が今の百分の一だったら、星はほとんど見えず、おそらく人間は「星」という言葉をもたなかっただろう。逆に、もし感度が百倍あったら、われわれは無数の星が狂うように光り輝く夜空の下で、不眠症になっただろう。

星を見るという目的にかぎっていえば、目の感度の下限は、今よりもずっと暗かったころの夜にぴったりだった。現代ではどうも星がよく見えなくて欲求不満になるが、われわれはもって生まれた目の感度を変えることはできない。日本人が昔のように星空を堪能(たんのう)するためには、明るくなりすぎた今の空を、明治維新ころの暗さにまで回復させるしかないのである。

夜は暗くてはいけないか、と問われると、だれでも一瞬動揺するだろう。なるほど都会の夜が明るいのは楽しく便利だが、②<u>暗い夜もあっていいはずだ</u>、暗い夜には現代人が捨て去っただいじなものがありそうだ、と直観的にわかるからである。

星や蛍を見られるとか、闇を利用して魚や動物をつかまえられるなど、夜が暗いほうがよい理由としては楽しいものがいろいろあるが、もっともだいじな理由は、暗さが人にものを考えさせるということなのだ。

夜の暗さ、とりわけ闇のような暗さが、われわれの生活圏からなくなって久しい。闇は世界中で失われているが、とくに日本での失われ方はひどかった。(略)

現代人はものを考えなくなったというけれど、光の行きわたりすぎた現代の夜間の環境が、人に常に動き回ることばかりを強いて、じっと考える能力を喪失させたことはうたがいようがない。

(乾 正雄『夜は暗くてはいけないか　暗さの文化論』朝日選書による)

**8** ①<u>人間の目は、晴れていてしかも暗い夜、星空を一番楽しめるようにできている</u>とあるが、どういうことか。

1　人間の目の感度の下限が、百年前は、今の百分の一だったということ
2　現代社会の人間は、「星」という言葉をもたなくなったということ
3　あまり夜が暗すぎると、人間は不眠症になってしまうということ
4　人間の目の感度の下限が、晴れた暗い夜にちょうど合っているということ

**9** 筆者が、②暗い夜もあっていいはずだとする一番の理由は何か。

1　暗い夜は、星も蛍もよりいっそうきれいに見えるから

2　暗い夜のほうが、魚や動物を捕るときの直感が働くから

3　夜の暗さが、人間を一瞬動揺させるから

4　夜の暗さが、人にものを考えさせるから

**10** この文章の内容と合っているものはどれか。

1　人間の目の感度が、夜の空に合わなくなったため、世界中で闇が失われている。その結果、人間の繁栄の象徴として、光が夜も輝き続けているのである。

2　暗い夜があってもいい。それは、星の観測のためだけではなく、現代人にじっと考える能力を取り戻させるためでもある。

3　現代人は暗い夜の楽しさを失ってしまった。だからといって一握りの人のために、夜の街路灯を消すことはできない。

4　暗い夜を希望するのは、星の観測者だけではない。現代の夜間の環境を守るために、とりわけ闇のような暗さが必要なのである。

**(3)**

2010年、私は視聴しなかったが、テレビでの放映をきっかけに「無縁社会」という言葉が流行語になった。同じ年の秋、番組制作者たちの執筆した『無縁社会』（ＮＨＫ「無縁社会プロジェクト」取材班編著、文藝春秋、2010年）という本が刊行された。

『無縁社会』には「"無縁死"三万二千人の衝撃」というサブタイトルが付されている。人が死ぬ、これに驚く人はいない。ところが、その亡くなった人の遺体の「引き取り手」がいないという話になると「どうしてかな」という疑問が生まれてくる。「引き取り手」のない遺体は、しきたりとして死亡場所を管轄する自治体が火葬に付し、５年の間、遺骨を保管することになる。５年経ったのちにも遺骨の引き取り手が現れなかった場合、無縁墓地に合葬される、このような死者を「行旅死亡人」という、この本にそう説明されてある。無縁墓地であろうとも、とにかく墓地には入れるのだというところまで知ると、ひとまず安堵する(注)自分がいる。

「行旅」は旅の途中という意味である。（略）

『無縁社会』の著者たちはそうした行旅死亡人を、やや情緒的に「無縁死」と名づけなおした。そして取材を重ねる過程で、無縁死する人の数が年間３万2000人というおびただしい数に達することを知るのだ。日本のあちこちで毎日およそ88人もの人が無縁死しているというのである。著者たちは、これほどたくさんの無縁死を引き起こしている社会を、尋常でないものとみなし、「無縁社会」という感情にひびく喚起力のある言葉を当てたのだった。

（芹沢俊介『家族という意志　―よるべなき時代を生きる』岩波新書による）

（注）安堵する：安心する

**11** 「無縁死」とは、何のことか。

1　現住所とは異なる場所で死んだ人のこと
2　生まれた土地とは無関係な場所で死んだ人のこと
3　親戚でも知人でもない人と一緒に葬式をすること
4　自治体のいう行旅死亡人のこと

**12** 安堵する自分がいるとあるが、どういうことか。

1　死者も安心し、満足するだろうということ
2　自治体が墓地を管理するので安心だということ
3　遺骨が墓地に入ると知り、安心したということ
4　５年もあれば関係者が見つかると思い安心したということ

13 『無縁社会』という本のタイトルは、どうしてつけられたと言っているか。

1　このままでは無縁死を管理できない自治体が出てくると考えたため

2　無縁死の異常な多さに対し、社会の注意を喚起するため

3　行旅死亡人という言葉より意味がわかりやすく、一般的であるため

4　無縁死が日本のあちこちで見られ、今後も広がりを見せると考えたため

## 問題3

**次の文章を読んで、後の問いに対する答えとして最もよいものを、1・2・3・4から一つ選びなさい。**

私はエスキモー(注1)の歌を採集していておもしろいことを発見した。まず1967年の夏、カナダのバフィン島に行って、そこのカリブー・エスキモーを調査した。これはカリブーというシカを追うエスキモーで、今日では木造の家屋に定着し、政府の基地などの労務者として働いている者も多いが、彼らの伝統的な歌も覚えている。しかし①歌はあまり上手でない。太鼓がないので、金だらい(注2)などをたたきながらうたっても、そのたたくリズムと歌のリズムとが合っていない。また二人のエスキモーが一緒にうたうことができない。たとえ一緒にうたっても、ピッタリ合わせることができない。

翌1968年冬、今度はアラスカの北西部にいるクジラ・エスキモーを調査してみた。

驚いたことに、②同じエスキモーと思えないほどリズム感がいい。太鼓もセイウチの胃袋やクジラの肝臓の皮を使った立派なものを持ち、大勢でピッタリと呼吸を合わせて打つ。このリズムが歌のリズムに合っていることはいうまでもない。それから、カナダ政府やドイツの学者など、これまでエスキモーの音楽について研究した資料で入手可能なものをすべて集めて調べると、③重大なことがわかってきた。

単純な文化をもつエスキモーの間にも、これまで数回の重要な文化の波が起った。その中で比較的古いカリブー文化に属するものが、前に調べたカナダのバフィン島である。これに対して、最も進んだ新しい文化の波は、最初にグリーンランドのテューレで発見されたのでテューレ文化と呼ばれるクジラ文化である。(略)

録音資料を比較してみると、互いにどんなに離れていても、このテューレ文化の影響をうけた地域のエスキモーだけは、太鼓の打ち方も上手だし、集団の斉唱もうまく、ピッタリ呼吸が合っている。つまりカリブーのようなシカを追うエスキモーには、集団生活が必要でない。そのため二人で力を合わせて働くこともないので、リズムを合わせるということは、生活の中にも本来存在しないのだ。これに対してクジラのような大きな獲物をとるエスキモーは、どうしても大勢で力を合わせて働かなければならない。だからうたうときも、声を合わせることができる。(略)

集団の仕事、狩猟でも漁労でもいい、とにかく大勢の人間が力を合わせる必要が、歌の規則を生むのだ。別な言葉でいえば、人間は何を食べているか、どうやってその食料を得るかによって、社会と歌のスタイルが決められるともいえる。

(小泉文夫『音楽の根源にあるもの』青土社による)

（注1）エスキモー：極北地帯に住むモンゴル系人種。主として狩猟・漁労で生活し、冬は氷の家に住む
（注2）金だらい：金属の容器。洗面器より大きいものを言う

**14** ①歌はあまり上手でないとあるが、たとえばどういうことか。

1　古くから親から子へと伝えられた歌がないこと。
2　二人以上で歌ったりするとき、リズムや声が合わないこと。
3　一人で歌うときは上手だが、二人以上になるとリズムが合わなくなること。
4　太鼓もなく、金だらいでリズムをとるなど楽器が発達していないこと。

**15** ②同じエスキモーと思えないほどリズム感がいいの例として、正しいものはどれか。

1　獲物の内臓の皮を使った立派な太鼓を持っていること。
2　大勢がお互いにできるだけ接近して歌うこと。
3　エスキモーにも進んだ新しい文化の波が起こったこと。
4　集団の斉唱も上手で呼吸が合っていること。

**16** ③重大なこととあるが、どういうことか。

1　エスキモーは、現在では木造家屋に定着するようになったということ。
2　新しい文化の波がグリーンランドのテューレで発見されたということ。
3　カリブー文化とクジラ文化とが、大きく異なるということ。
4　文化の違いとリズム感覚の違いに関係があるということ。

**17** 筆者はリズムと文化の関係について、どのように考えているか。

1　食料の獲得方法によって、歌の規則性も決定されていく。
2　集団生活の必要がなければ、歌のリズムは生まれなかった。
3　リズム感覚のいい文化は、リズム感覚の悪い文化に影響を与える。
4　文化は大きく分けて、リズム感覚のいい文化とリズム感覚の悪い文化がある。

# 問題4

**次のＡとＢの文章を読んで、後の問いに対する答えとして最もよいものを、１・２・３・４から一つ選びなさい。**

A

日本でも「子は親の背中を見て育つ。」と言われ、正面からあれこれうるさくしつけをし、勉強勉強と子どもを追い立てる親より、特に、家にいる時間は少ないが家族のために自分を犠牲にして仕事に精を出す父親の言動から子どもは学ぶことが多いとされる。家庭内で親が子どもを教育しようとしても、口で言って聞くものではなく、かえって反抗的になるばかりだが、子どもは子どもで親の言動や態度をよく見ており、それをまねるものだということだ。

まず親が模範を示せばいい。親のできないことを子どもに求めても、それは無理というものだ。カエルの子はカエル。鳶（とんび）が鷹（たか）を生むことはめったにない。親が良い子に育てようと無理をすれば必ず子どもを歪（ゆが）めてしまうものだ。

B

子どもの家庭内教育に関しては賛否両論あると思う。必要だと強調する者もいれば、あえて必要ないという者もいる。「親はなくても子は育つ。」という極論さえある。それもまた、条件次第では正しいことなのかもしれない。

だが、少なくとも我が子を学校に通わせる以上、家庭内においても、学校で学んだ分に相応する復習が必要であり、それに付き添う親の存在が必要である。何も家の中でまで親が教師の役割をすることはないし、それは悪影響しか生まないだろうが、家の中でも学校教育に対応した時間を設け、環境を整える必要がある。それが親の責任である。その点では子どもに妥協せず厳しく接して、学習の習慣を身につけさせなければならないだろう。

**18** ＡとＢで共通して述べられていることは何か。

1　子どもは放っておいても親を見て学習するものだ。

2　父親よりも母親の方が子どもの教育には適している。

3　親が厳し過ぎると子どもの精神の発達を害する恐れがある。

4　親が子どもを教育しようとしても効果は望めない。

**19** 家庭内での教育について、ＡとＢはどのように考えているか。

1　Ａは子どもの反抗を許さないことが、Ｂは子どもに付き添うことが大事だと考えている。

2　Ａは親が何もしないことが、Ｂは親が親の義務を果たすことが大事だと考えている。

3　Ａはまず親が例を示すことが、Ｂは教育環境を整えることが大事だと考えている。

4　Ａは子どもを信用することが、Ｂは子どもに妥協しないことが大事だと考えている。

## 問題5

**次の文章を読んで、後の問いに対する答えとして最もよいものを、1・2・3・4から一つ選びなさい。**

コトバというものは、余りにも私たちにとって身近な存在です。(略) 私たちは、コトバに対して一種のぬぐいがたい軽視、軽く見る傾向が一般にあるといっていいかもしれません。

経済現象、たとえば多くの人たちが関心をもっておられる株の上がり下がりといった問題は、具体的な問題だと考えます。また政治現象も現実的な問題であって非常に大切なものだとみなすでしょう。しかしながら、文学とか哲学とか芸術とかいったものは、暇なときや平和なときにはいいが、こう世の中が忙しくなっては「文化主義的な抽象論」であって、何の意味ももたない、いわゆる虚学ではないかとみなす風潮が一般の人々の中にあります。(略)

あるいは不言実行こそ望ましい、コトバでいくら言ったってしょうがないんだ、たとえば、絵にかいた餅をいくら眺めても腹一杯にならないのと同じように、「もち」というコトバを何回聞いても腹一杯になりませんから、その意味でやはりコトバなんて……、という気持ちになるのは無理もないことかもしれません。しかしここで考えていただきたいのです。ひょっとしたら私たち人間という動物は、「もち」というコトバ、「もち」という概念によってはじめて餅を食べられるものと思っているのではないでしょうか。

アフリカに行ってきた西江雅之さんも、こんなことを述べていらっしゃいます。文化というのはまさに一つの「檻(おり)」のようなものであり、どうしてもそこから逃げ出すことはできないものである、と。そしてたとえば、人類にとって食べられるものが共通しているように皆さんは思われるかもしれませんが、「食べられるもの」が身近にたくさんあってもそれぞれの「文化」によって食べるものが決まってしまっているのです。実際、アフリカのある地方では、多くの人々がまさに餓死しようとしているすぐそばの湖で「食べられる」魚がたくさん泳いでいたのです。「食べてはならない」、「食べられない」という文化による分節の結果、その魚は食べものとはならなかったのです。

このことをもう少し敷衍(ふえん)して申しますと、私たちは「食べられるもの」と「食べられないもの」というふうに分けて考えておりますが、これは〈身〉で分けているわけではないのではないか、ということです。狭義の動物にあっては有害なものと無害なもの、食べていいものと食べてはならないもの、といった区別は生理学的・生態学的なもので、すなわち〈身〉で分けていると思うのです。私たち人間はそうではなく、概念によって、すなわちコトバによる概念で、これは「食べられるもの」、あれは「食べられないもの」と分けているのです。文化の分節によって、食べられるものを「食べられない」ばかりか、決して食べてはならないというタブーができているのです。禁忌、禁止があるわけです。

（丸山圭三郎『フェティシズムと快楽』紀伊國屋書店による）

**20** 筆者は、コトバに対する一般的な傾向をどのようにとらえているか。

1　経済学や政治学に比べ、具体的だが、役には立たないと考えるのは正しい。
2　コトバを口にするより実行することを重んじているのは、希望が持てる。
3　コトバを重視しない傾向については、注意をうながす必要がある。
4　不景気な世の中だからといって、非実用的なものとして扱うのはよくない。

**21** 文化というのはまさに一つの「檻（おり）」のようなものとあるが、どういうことか。

1　文化は法律に基づいており、違反すれば逮捕され檻（おり）に入れられるということ
2　人間の行動は文化により決定されていて、それから逃れられないということ
3　話す言葉が異なれば、意味が通じないように、文化とは閉鎖的なものだということ
4　文化は世界共通のもので、世界中どこに行っても同じ物が見られるということ

**22** 「『食べられるもの』と『食べられないもの』を〈身〉で分ける」とは、どういうことか。

1　コトバによる概念に基づいて分類しているということ
2　身体の生理的な反応に基づいて分類しているということ
3　言葉以前の無意識に基づいて分類しているということ
4　古くからの親からの言い伝えに基づいて分類するということ

**23** この文章で、筆者が最も言いたいことはどれか。

1　経済や政治など現実的な問題に比べ、コトバについての学問は抽象的で無意味である。
2　絵に描いた餅は食べられないから、むだなコトバを使わず実行することが最も望ましい。
3　食べられるものも食べられなくしてしまうのがコトバの作用であり、実は有害なものである。
4　コトバは身近なものであるため軽視されがちだが、実は文化を決定する大事なものである。

## 問題６

**次のページは、ある出版社がインターネット上で俳句作品を募集している案内の一部である。下の問いに対する答えとして最もよいものを、１・２・３・４から一つ選びなさい。**

24　雑誌「俳句未来」を年間購読している山田さんは、夫と小学５年の娘と３人で２句ずつ俳句を作り、応募することにした。家族３人の手数料は、いくらになるか。

1　3000円
2　2000円
3　1000円
4　無料

25　イギリスからの留学生アンディさんが、日本語と英語で２句ずつ俳句を作って応募するとき、必要な手続きはどれか。アンディさんは雑誌「俳句未来」は購読していない。

1　日本語と英語の俳句をそれぞれ別の紙に書いて、封書で事務局に郵送した後、手数料2000円を銀行の指定口座に振り込む。
2　日本語の俳句は専用はがきで申し込み、英語の俳句は封書に手数料1000円を同封し、事務局に郵送する。
3　銀行で手数料1000円を振り込んだ後、一般の部は専用はがきで、外国語の部はホームページの応募フォームから申し込む。
4　一般の部、外国語の部それぞれのホームページの応募フォームから申し込んだ後、郵便局で手数料1000円を振り込む。

# 未来俳句大賞作品募集

## ◎応募部門

＊一般（日本語）
＊子ども（小学生以下）
＊外国語（英語またはフランス語）

## ◎応募条件

＊新聞・雑誌等に未発表の作品に限ります。季節は問いません。
＊他の雑誌等への二重投稿が明らかになった場合、また、盗作、類似作等の不正が明らかになった場合は失格となります。
＊応募作品の発表や出版に関する著作権は、未来出版社に帰属します。

## ◎応募方法

＊一般の部

■２句１組で、何組でも応募可能です。
■専用の応募はがきで郵送するか、当ホームページ内の応募フォームに必要事項を記入して、応募してください。官製はがきや他のはがき、封書での応募は受け付けておりません。
■専用はがきは、当事務局にはがきかメールでご請求ください。
■一般の部への応募には、１組（２句）につき1000円の手数料が必要です。
郵便局の郵便振替用紙に郵便番号・住所・氏名・電話番号を記入し、お振り込みください。
現金や為替は受け付けておりません。
また、一人で２組以上応募される場合は総額をお振り込みください。
■未来出版社発行の雑誌「俳句未来」を１年以上予約購読されている方は、２組（４句）まで手数料が無料となります。

＊子どもの部

■２句まで応募いただけます。手数料は無料です。
■封書でご応募ください。応募用紙は自由です。作品は必ず自筆で応募してください。代筆は認めません。作品のほかに、住所・氏名・電話番号・年齢・性別・学校名・学年を記入の上、郵送してください。
■学校でまとめて応募する場合は、必ず団体専用の申込書を提出してください。事前に団体専用の応募要項をはがきかメールでご請求下さい。

＊外国語の部

■英語、またはフランス語による作品、２句まで応募いただけます。手数料は無料です。
■当ホームページ内の応募フォームに必要事項を記入して応募するか、封書でご応募ください。
封書の場合、応募用紙は自由です。作品のほかに住所・氏名・電話番号・年齢・性別・職業を記入の上、郵送してください。国籍は問いません。
■言語は、英語かフランス語のどちらかに統一してください。

## ◎締め切り

＊ 20xx年８月31日（消印有効）　発表は12月上旬になります。

問合せ先：未来出版社

# 解答

## 第2章　問題形式別トレーニング

### 1 内容理解（短文）

| | | | | | | | | | |
|---|---|---|---|---|---|---|---|---|---|
| 練習問題1 | 4 | 練習問題2 | 2 | 練習問題3 | 1 | 練習問題4 | 3 | 練習問題5 | 4 |
| 練習問題6 | 4 | 練習問題7 | 4 | | | | | | |

**復習問題**

| | | | | | | | | | | | |
|---|---|---|---|---|---|---|---|---|---|---|---|
| 問題1 | 3 | 問題2 | 3 | 問題3 | 4 | 問題4 | 2 | 問題5 | 3 | 問題6 | 4 |
| 問題7 | 4 | 問題8 | 2 | 問題9 | 3 | 問題10 | 4 | 問題11 | 3 | 問題12 | 1 |
| 問題13 | 4 | 問題14 | 1 | 問題15 | 2 | 問題16 | 2 | 問題17 | 4 | 問題18 | 2 |
| 問題19 | 2 | 問題20 | 4 | 問題21 | 3 | 問題22 | 4 | 問題23 | 1 | | |

### 2 内容理解（中文）

| | | | | | | |
|---|---|---|---|---|---|---|
| 練習問題8 | 問1 | 2 | 問2 | 2 | 問3 | 4 |
| 練習問題9 | 問1 | 4 | 問2 | 3 | 問3 | 4 |
| 練習問題10 | 問1 | 1 | 問2 | 3 | 問3 | 4 |

**復習問題**

| | | | | | | |
|---|---|---|---|---|---|---|
| 問題1 | 問1 | 2 | 問2 | 3 | 問3 | 4 |
| 問題2 | 問1 | 2 | 問2 | 4 | 問3 | 1 |
| 問題3 | 問1 | 4 | 問2 | 3 | 問3 | 2 |
| 問題4 | 問1 | 2 | 問2 | 3 | 問3 | 1 |
| 問題5 | 問1 | 3 | 問2 | 1 | 問3 | 4 |
| 問題6 | 問1 | 3 | 問2 | 3 | 問3 | 3 |
| 問題7 | 問1 | 4 | 問2 | 2 | 問3 | 1 |
| 問題8 | 問1 | 4 | 問2 | 3 | 問3 | 4 |
| 問題9 | 問1 | 3 | 問2 | 2 | 問3 | 2 |
| 問題10 | 問1 | 3 | 問2 | 1 | 問3 | 2 |

### 3 内容理解（長文）・主張理解

| | | | | | | | | |
|---|---|---|---|---|---|---|---|---|
| 練習問題11 | 問1 | 3 | 問2 | 4 | 問3 | 3 | 問4 | 4 |
| 練習問題12 | 問1 | 4 | 問2 | 2 | 問3 | 2 | 問4 | 3 |

**復習問題**

| | | | | | | | | |
|---|---|---|---|---|---|---|---|---|
| 問題1 | 問1 | 2 | 問2 | 4 | 問3 | 2 | 問4 | 2 |
| 問題2 | 問1 | 2 | 問2 | 2 | 問3 | 4 | 問4 | 3 |

| | | | | |
|---|---|---|---|---|
| 問題3 | 問1 3 | 問2 2 | 問3 4 | 問4 3 |
| 問題4 | 問1 3 | 問2 2 | 問3 1 | 問4 4 |
| 問題5 | 問1 4 | 問2 3 | 問3 1 | 問4 2 |
| 問題6 | 問1 4 | 問2 1 | 問3 2 | 問4 4 |

**4 統合理解**

| | | | | | |
|---|---|---|---|---|---|
| 練習問題13 | 問1 4 | 問2 3 | 練習問題14 | 問1 4 | 問2 1 |

**復習問題**

| | | | | | |
|---|---|---|---|---|---|
| 問題1 | 問1 1 | 問2 1 | 問題2 | 問1 4 | 問2 2 |
| 問題3 | 問1 4 | 問2 1 | 問題4 | 問1 2 | 問2 3 |

**5 情報検索**

| | | |
|---|---|---|
| 練習問題15 | 問1 3 | 問2 4 |

**復習問題**

| | | | | | |
|---|---|---|---|---|---|
| 問題1 | 問1 1 | 問2 1 | 問題2 | 問1 2 | 問2 4 |
| 問題3 | 問1 2 | 問2 3 | 問題4 | 問1 2 | 問2 4 |

# 第3章　実戦模試

**第1回**

| | | | | | | |
|---|---|---|---|---|---|---|
| 問題1 | 1 1 | 2 3 | 3 2 | 4 3 | | |
| 問題2 | 5 4 | 6 1 | 7 4 | 8 3 | 9 4 | 10 2 |
| | 11 3 | 12 4 | 13 2 | | | |
| 問題3 | 14 3 | 15 1 | 16 4 | 17 3 | | |
| 問題4 | 18 2 | 19 4 | | | | |
| 問題5 | 20 3 | 21 2 | 22 1 | 23 3 | | |
| 問題6 | 24 1 | 25 3 | | | | |

**第2回**

| | | | | | | |
|---|---|---|---|---|---|---|
| 問題1 | 1 4 | 2 2 | 3 3 | 4 3 | | |
| 問題2 | 5 4 | 6 1 | 7 4 | 8 4 | 9 4 | 10 2 |
| | 11 4 | 12 3 | 13 2 | | | |
| 問題3 | 14 2 | 15 4 | 16 4 | 17 2 | | |
| 問題4 | 18 1 | 19 3 | | | | |
| 問題5 | 20 4 | 21 2 | 22 2 | 23 4 | | |
| 問題6 | 24 4 | 25 4 | | | | |

# 解說

## 第1章　読解の基本

### 文章結構

文章是由「單字」、「句子」和「段落」構成。因此，理解「單字與單字之間的關係」、「句子與句子之間的關係」、「段落與段落之間的關係」就是「讀解」。

文章大致可分解為「事實句」、「意見句」以及「說明句」。從句子的功能來說，還有「疑問（詢問）句」和「回應句」，不過「回應句」應該可以歸納為「意見句」。

請試著閱讀以下文章。

（略）

我們以容易理解的形式將開頭的 2 個句子分為兩部分：

**1**「現在はリサイクルの時代である。」

**2**「リサイクルとは、古くなった品物を回収して、再び利用することである。」

像這樣將 2 個句子放在一起看，我們可以立刻發現，2 個句子中都有「リサイクル」（資源回收）這個詞。所以「リサイクル」就是這篇文章的關鍵字。而且我們知道，第 2 個句子是在說明「リサイクル」這個詞語。換句話說，**1** 和 **2** 的句子之間存在著「說明」的關係。

那麼，我們將剛才文章中的所有句子列出來，觀察一下它們之間的關係吧。

**1**「現在はリサイクルの時代である。」（現在是資源回收的時代。）

**2**「リサイクルとは、古くなった品物を回収して、再び利用することである。」
（所謂資源回收，就是將變舊的物品收回，並再度利用。）

**3**「例えば、多くのスーパーマーケットでは、牛乳の紙パックや飲料水のペットボトルなどを回収している。」（舉例來說，許多超級市場會回收牛奶紙盒和飲用水的寶特瓶等。）

**4**「これをメーカーが再利用するのである。」（廠商會再度利用這些資源。）

**5**「では、なぜ、リサイクルが必要なのだろうか。」（那麼，為什麼我們必須進行資源回收呢？）

**6**「その理由は三つある。」（其理由有三個。）

**7**「第一の理由は、ゴミを減らすことになるからである。」（第一個理由是，因為可以減少垃圾。）

**8**「第二の理由は、天然資源とエネルギーの節約になるからである。」
（第二個理由是，因為可以節約自然資源和能源。）

**9**「そして、第三の理由は、メーカーにとって経費の節約になるからである。」
（而第三個理由是，因為對廠商來說可以節省經費。）

**10**「経費を節約できれば、その分を消費者へのサービスに使うことができるだろう。」
（如果可以節省經費，應該就能將省下來的錢用在為消費者提供的服務上吧。）

**11**「つまり、リサイクルは生活環境を守るためにとても重要なことなのである。」
（換句話說，為了守護生活環境，資源回收是一件非常重要的事。）

完整列出後，即可得知以下事情。

**1** 是表示「事實關係」的句子。
**2** 是 **1** 的「說明」。
**3** 是 **2** 的「具體例子①」。 } **具體例**
**4** 是 **2** 的「具體例子②」。
**5** 是對於 **1** 的「疑問」。
**6** 是對於 **5** 的「回答（意見）」。
**7** 是對於 **5** 的「理由①」。 } **理由**
**8** 是對於 **5** 的「理由②」。
**9** 是對於 **5** 的「理由③」。
**10** 是 **9** 的「結果」，也是 **9** 的「補充理由」。
**11** 是對於 **5** 的「意見」，也是全文的「結論」。

其中的「具體例子①」和「具體例子②」可以統整在一起，而「理由①」到「補充理由」也可以統整在一起。因此，這篇文章可以分為７個部分。讓我們試著實際分類看看吧。

- 現在はリサイクルの時代である。ー**「事實句」**
- リサイクルとは、古くなった品物を回収して、再び利用することである。ー**「説明句」**
- 例えば、多くのスーパーマーケットでは、牛乳の紙パックや飲料水のペットボトルなどを回収している。これをメーカーが再利用するのである。ー**「具體例子・説明句」**
- では、なぜ、リサイクルが必要なのだろうか。ー**「疑問句」**
- その理由は三つある。ー**「意見句」**
- 第一の理由は、ゴミを減らすことになるからである。第二の理由は、天然資源とエネルギーの節約になるからである。そして、第三の理由は、メーカーにとって経費の節約になるからである。経費を節約できれば、その分を消費者へのサービスに使うことができるだろう。ー**「理由・説明句」**
- つまり、リサイクルは生活環境を守るためにとても重要なことなのである。ー**「結論・意見句」**

換句話說就是可以分為

**事實句** ⇒ **説明句** ⇒ **具體例句** ⇒ **疑問句** ⇒ **意見句** ⇒ **理由句** ⇒ **結論句**

這７個部分。然後這些部分再構成段落。
雖然「段落」的分法因人而異，但我們還是試著將已分成７個部分的文章歸納成更大的分類吧。

**「事實句／説明句／具體例句」**

現在はリサイクルの時代である。リサイクルとは、古くなった品物を回収して、再び利用することである。例えば、多くのスーパーマーケットでは、牛乳の紙パックや飲料水のペットボトルなどを回収している。これをメーカーが再利用するのである。

**「疑問句／意見句／理由句」**

では、なぜ、リサイクルが必要なのだろうか。その理由は三つある。第一の理由は、ゴミを減らすことになるからである。第二の理由は、天然資源とエネルギーの節約になるからである。そして、第三の理由は、メーカーにとって経費の節約になるからである。経費を節約できれば、その分を消費者へのサービスに使うことができるだろう。

**「結論句」**

つまり、リサイクルは生活環境を守るためにとても重要なことなのである。

如此就構成了 3 個段落。
就結論來說，文章就是表達對「事實、問題點」的「意見、理由」。
因此，這篇文章只要將 3 個段落的第一個句子連接起來就能表達其含義。

- 現在はリサイクルの時代である。
- なぜ、リサイクルが必要なのだろうか。
- リサイクルは生活環境を守るためにとても重要なことなのである。

這就是這篇文章簡短的摘要。（就算只看這 3 個句子，也能明白「リサイクル」是這篇文章的關鍵字，也是主題。）
就像這樣，「段落」可以大致分為「事實（說明、問題點）」、「意見（理由、具體例子）」以及「結論」3 個部分。
所謂「讀解」，就是**閱讀文章後，理解「句子和句子之間的關係」以及「段落和段落之間的關係」**。

# 讀解的重點

幫助進行讀解的重點有 3 點。請一邊回答練習題，一邊時常留意這些重點吧。

① 找出**關鍵字**！

請在文章中多次出現的單字上畫上〇。

② 找出**意見句**！

請注意句尾。為句子畫上底線吧。

「～だろう。」（應該～）「～のである。」（說明語氣）

「～ではないか。」（我認為應該是～）「～のではないだろうか。」（我認為應該是～）「～できないものか。」（豈有無法～的道理）

「～べきである。」（理應～）「～べきではない。」（不應～）「～たほうがいい。」（最好～）「～ないほうがいい。」（最好不要～）

「～なければならない。」（必須～）「～ざるをえない。」（不得不～）

「～と思われる。」（一般認為～）「～と言える。」（可以說是～）「～と言わざるをえない。」（不得不說是～）

「～には…ことだ。」（～就應該…）「～には…が必要だ。」（～就必須…）「～に必要なのは…ことだ。」（～必不可缺的就是…）

③ 留意**接續詞**！

請理解接續詞前後句子的關係。

前後含義改變、出現相反含義的接續詞：

「しかし、」（然而）「ところが、」（但是）「ただし、」（不過）「もっとも、」（不過）「にもかかわらず、」（儘管）「とはいえ、」（話雖如此）「と思いきや、」（原以為）「かえって、」（反而）「むしろ、」（倒不如）

歸納前句含義換句話說、陳述結論的接續詞：

「つまり、」（換句話說）「要するに、」（簡言之）「ということは、」（也就是說）「このように、」（像這樣）「従って、」（因此）

# 第2章　問題形式トレーニング

## 1 理解內容（短篇）

「理解內容（短篇）」的文章篇幅規定為 200 字左右。基本上是 40 個字 × 5 行，1 個段落且為橫書表示的文章。內容通常會採用環境、教育、網路等各種社會問題，以及可能會出現在報紙上的各種主題。

題目大致可分為下列 4 種類型：

**① 針對文章中的某個詞語，詢問其含義的題目**

例「　　」とはどういうことか。（「　」是什麼意思呢？）
「　　」とはどのようなものか。（「　」是指什麼東西呢？）
「　　」に最も近いものはどれか。（和「　」最類似的是哪個選項呢？）

**② 詢問筆者意見的題目　1**

例　筆者は「　　」をどのようにとらえているか。（筆者對「　」有什麼樣的理解呢？）
筆者は「　　」どのように説明しているか。（筆者如何說明「　」呢？）

**③ 詢問筆者意見的題目　2**

例　筆者によると、「　　」には何が必要か。（據筆者所言，什麼是「　」不可或缺的呢？）
筆者は、「　　」にとって何が重要だと考えているか。（筆者認為對「　」而言什麼重要呢？）

**④ 詢問文章內容（全文）的題目**

例　この文章で筆者が述べていることは何か。（在這篇文章中筆者陳述的事情是什麼呢？）
この文章の内容と合っているものはどれか。（符合文章內容的是哪個選項呢？）
筆者の考えと合っているものはどれか。（符合筆者想法的是哪個選項呢？）

首先，請先從基本形式的橫書文章來練習每種類型的題目。

接著，再試著回答直書文章和商業文書的文體吧。

### 例題 1

像這樣畫出重點後，我們就能得知這篇文章中的重點是開頭的 2 個句子，特別是從第 1 句到第 2 句前半為止的部分。「たとえば」（舉例來說）的後面會舉出例子。第 3 句和第 4 句也都是舉例。然後在第 5 句陳述意見。

試著將開頭的 2 個句子以容易理解的形式分解如下：

**1**　自分自身を認識するのは、**脳**である。（認知自我的是**腦**。）

**2**　自分自身を認識するのは、**細胞レベルの免疫システム**である。（認知自我的是**細胞等級的免疫系統**。）

根據以上分析，我們可以知道正確答案是選項 **3**。

### 例題 2

在這篇文章中，我們可以得知開頭的句子正是筆者的意見。而且，後面 3 個句子就是這個意見的舉例。

換句話說，關鍵字之間的關係可表示為：**個人化（個人化）＝孤独死（孤獨死去）＋核家族化（核心家庭化）＋少子化（少子化）＋個食（獨自用餐）**。

因此我們可以得知，最後一句「個食は、その究極の現象だ」（獨自用餐就是此發展的終極現象）中的「その」這個指示詞所指的就是「個人化」。也就是「個食は、個人化の究極の現象だ」（獨自用餐就是個人化的終極現象）。

只要找出與此句含義相同的選項即可，因此正確答案是選項 **4**。

## 例題3

在這篇文章中，我們可以知道筆者的意見在最後 2 個句子中。將這 2 個句子換成淺顯易懂的說法後如下所示：「かつての科学者は**真理を追い求めて**社会と戦うこともあったのに、今の科学者は、そういう**正しい心**をどこにやってしまったのだろうか！」（過去的科學家會**追求真理**並和社會對抗，然而現今的科學家的這種**正道之心**究竟跑到哪裡去了呢！）

可知和這句話具有相同內容的選項是 **2**。

像這樣，將原文的詞語換個說法就會變成正確答案。

**真理の追究（探究真理）＝真理を追い求める（追求真理）**

**倫理（倫理道德）＝正しい心（正道之心）＝不正を許さない心（不容許不正當的心）**

這也是讀解的一大重點。因為答案一定存在於文章之中，所以要試著將文章的詞語換個說法。

## 例題4

可以判斷出這篇文章的 3 個句子都是意見句。

1 的句子對於「新しい商品」（新商品）說出「疑問だ」（感到疑惑），是陳述否定性的意見。2 的句子表示，「新しい商品」應該不會消失。不過又表示「今ある商品の質も大事だ」（現存商品的品質也很重要）。3 的句子則表示，現代人追求的不是「新しくて便利な商品」（既新又方便的商品），而是追求「生活の質を高めるための商品」（有助於提高生活品質的商品）。

讓我們來看看選項吧。

選項 1 是「新しい分野の商品を開発しようとする人は**いなくなるだろう**」（企圖開發新領域商品的人**應該會消失**），但在文章中是說「未開拓の分野を開発し商品化しようとする人々が**いなくなることはあるまい**」（企圖開發未開拓領域並進行商品化的人**不可能會消失**），因此不正確。

選項 2 的「**最新の技術**を利用して」（利用**最新技術**）的部分，文章是說「たとえ**古い技術**によるものであっても」（就算是運用**舊技術**製造的物品），因此不正確。而「古い商品を復活させる」（使舊商品復活）的部分也不相符。

選項 3 是說「現代社会は理想に**近づいている**」（現代社會正逐漸**接近**理想），但文章是說「理想の社会には**ほど遠い**」（距離理想社會**還很遠**），因此不正確。

基於以上原因，正確答案是選項 **4**。

## 例題5

1 和 2 的句子是以接續詞「つまり、」（換句話說）來連接，因此可知兩者內容相同。另外，3 和 4 的句子都使用了同一個關鍵字，因此可知這兩句是 2 這個意見句的補充說明。這表示 1 到 4 都寫著相同含義的內容。

5 的句子沒什麼特殊含義，意為「希望大家實際思考一下」。

由以上說明可知，6「そうでなければ」（若不是這樣）的「そう」所指的就是從 1 到 4 的所有句子。

**そう**でなければ **＝「ことば」で伝えているのは、わずか三十%に過ぎない** でなければつまり、

（若不是**那樣**的話＝若不是**「以『語言』傳達的不過只有 30% 而已」**的話換句話說就是）

**＝「ことば」で伝えているのは、わずか三十%だ** でなければ（若不是**「以『語言』傳達的只有 30%」**的話）

**＝「ことば」で伝えているのは、わずかだ** でなければ（若不是**「以『語言』傳達的只有一點點」**的話）

**＝「ことば」で伝えているのは、百%だ** であれば（若是**「以『語言』傳達的是 100%」**的話）

因此正確答案是選項 **3**。

## 例題6

讓我們先來確認一下商業文書的文體吧。

⋮（略）

① 對方的公司名稱、職稱、姓名。姓名後面附上「殿」或「様」等敬稱。

② 撰寫文書者的公司名稱、職稱、姓名。

③ 寫上主旨（亦稱作標題）。

④ 寒暄語。文章開頭寫「拝啓」，結尾寫「敬具」。有時也會在開頭寫「謹啓」，結尾寫「謹白」。

⑤ 寒暄語。固定用法，從表示季節的詞句開始寫。「貴社」是指對方的公司。自己的公司稱作「弊社」。除了「ご繁栄」（繁盛）之外，也有「ご清祥」（健康幸福）、「ご隆盛」（昌隆）等說法。「お慶び」（喜悅）也可寫作「お喜び」。「日ごろ」（平時）有時也寫作「平素は」。「ご愛顧をいただき」（承蒙關照）有時也寫作「ご愛顧を賜り」。

⑥ 從「さて、」這個接續詞進入本篇文書的正題。

⑦ 先寫「下記」、「下記のとおり」、「下記のごとく」，再以條列式或表格列出具體的日期或數量等訊息。列出訊息時，先在正中央寫下「記」，最後再寫「以上」。

⑧ 在「つきましては、」這個接續詞後寫出「委託」或「請求」等內容。

⑨ 在「なお、」之後寫出補充事項。

這篇文章在⑥「さて、」後面的句子說明銷售情形，在⑧「つきましては、」後面的句子進行了具體的「請求」。「⑧つきましては、在庫一掃**販売**を致したく存じますので、ご**協力**賜わりますよう**お願い**申し上げます。」（基於以上情形，我們希望能將庫存全數**售出**，因此**望**您給予**協助**。）

這裡存在著答案。正確答案是選項 **3**。

## 例題7

這篇文書的重點也是「さて、」和「つきましては、」後面的句子。開頭提到「追加注文に応じられない」（無法接受追加訂單），因此並非「取り消し」（取消），而是「お断り」（拒絕）。其後以推薦新產品來彌補無法接受追加訂單的情況。

最後的句子也是固定用法，是將文章內容簡潔摘要的表達方式。意為「以上所寫的是關於～的內容」。「お詫びかたがたご案内まで」（向您表達歉意並為您介紹）是指「對於無法接受訂單這件事的致歉」以及「新產品的介紹」，因此正確答案是選項 **2**。

最後一句亦可寫為「以上、取り急ぎ用件のみにて（失礼します）」（臨書倉卒，僅述重點）或「まずは、お礼まで」（謹此致謝）等說法。

# 2 理解內容（中篇）

短篇文章之後是中篇文章（篇幅中等的文章）的題目。字數約 500 字，所以大約是 3 到 4 個段落的文章。首先，讓我們先將文章主題分為 3 種類型來進行練習吧。

**1　著重於事實關係的文章、科學性質的文章**
**2　以經濟、商務、國際化、社會問題等為主題的文章**
**3　以文化、詞語、切身話題為主題的文章**

問題共有 3 題。其形式大致也可分為 3 種類型。

**①　針對文章中的語句進行詢問**

例　これは何を指すか。（這個是指什麼呢？）
　　そういう関係とは、どういう意味か。（這種關係是什麼意思呢？）
　　そういう人は避けるに越したことはないとあるが、どういうことか。（內容提到最好避開這種人，這是什麼意思呢？）
　　ここでの最後の問題とは、何か。（這裡提到的最後的問題是指什麼呢？）
　　筆者が社会通念として挙げているものは何か。（針對社會普遍觀念，筆者舉的例子是什麼呢？）

**②　詢問理由、原因、目的**

例　少子化は止められないとあるが、なぜか。（內容提到無法抑制少子化的發展，原因為何？）
　　池の鳥たちがいなくなったのはなぜか。（為什麼水池的鳥群消失了呢？）
　　筆者は読者が減ったのはどうしてだと考えているか。（筆者認為讀者減少的原因是什麼呢？）
　　筆者は不安になった原因をどのように考えているか。（筆者認為感到不安的原因是什麼呢？）
　　カメラを設置したのは何のためか。（設置相機的目的是什麼呢？）

**③　詢問筆者的想法**

例　日本の建築について、筆者が最も言いたいことは何か。（關於日本建築，筆者最想表達的是什麼呢？）
　　筆者の考えと合っているものはどれか。（符合筆者想法的是哪個選項呢？）
　　筆者の考えによると、仕事の上で最も大切なことは何か。（根據筆者的想法，工作上最重要的事情是什麼呢？）
　　筆者は衣服についてどのように述べているか。（關於衣服的事情，筆者如何陳述呢？）
　　筆者は聞き上手になるにはどうすればいいと言っているか。（筆者說要成為一個善於傾聽的人應該怎麼做呢？）
　　筆者は日本人の笑いをどのように説明しているか。（筆者如何解釋日本人的笑容呢？）

請一邊想著有以上 3 種問題，一邊閱讀文章。

無論面對哪種類型的題目，讀解的重點都不會改變。只要一邊留意關鍵字一邊閱讀，應該就能得知「針對語句詢問的題目」的答案為何。只要留意接續詞和意見句，應該就能得知文章哪裡在「說明理由」。而且應該能立刻得知結論在哪裡，也就是「筆者的意見在哪裡」。

那麼，首先我們先從例題開始回答吧。

### 例題8

這篇文章的結構如下所示：

第 1 段（1 ～ 4）：棉花糖實驗的說明

第 2 段（5 ～ 9）：追蹤調查的結果

第 3 段（10 ～ 11）：從實驗得知的訊息、結論

如此分析後，可以得知題目 1 對應第 1 段，題目 2 對應第 2 段，題目 3 對應第 3 段。而且，只要留意每項讀解重點，就能看出答案。

簡單統整文章內容後如下所示：

「所謂棉花糖實驗，就是測驗兒童忍耐力的實驗。能夠忍耐的小孩，在長大後對於困難的處理能力也比較優越；而無法忍耐的小孩，這方面的能力就比較差。因此，只要觀察小時候的忍耐力，就能預測長大後的發展。」

正確答案為，問題 1：**3**，問題 2：**2**，問題 3：**4**。

### 例題9

這篇文章的結構如下所示：

第 1 段（1 ～ 4）：說明左腦和右腦的運作

第 2 段（5 ～ 8）：經營者必須採取的左右腦運用方法

第 3 段（9 ～ 13）：具體的建議、筆者的主張

簡單統整文章內容後如下所示：

「在商業經營中，『偏愛使用左右腦的其中一方』是不好的。因此，經營者必須在適當的場合分別運用左右腦。基於這個理由，經營者對於自己的思考模式必須有所自覺。如此才能首次產生自由的創意構想。」

正確答案為，問題 1：**1**，問題 2：**2**，問題 3：**2**。

### 例題 10

這篇文章的結構如下所示：

第 1 段（1 ～ 2）：說明未婚者、單身貴族正在增加的事實

第 2 段（3 ～ 5）：說明儘管如此還是有想結婚的欲望及其理由

第 3 段（ 6 ）：提出問題　為什麼明明有想結婚的欲望卻不結婚呢

第 4 段（7 ～ 8）：理由 1　因為對異性的理想變高了

第 5 段（9 ～ 11）：理由 2　因為有經濟層面的擔憂

第 6 段（12 ～ 16）：理由 3　因為沒有積極結婚的理由，也沒有結婚的契機

在這篇文章中，第 2 段寫有意見，而後出現提問和其理由的說明。只要能理解段落結構，答案也就呼之欲出了。

正確答案為，問題 1：**4**，問題 2：**2**，問題 3：**1**。

# 3 理解內容（長篇）· 理解主張

問題 10 和問題 12 會出現篇幅約 1000 字的長篇文章。

問題 10 是詢問「理解內容」的題目，文章主題和題目大概具有下列特徵。出題重點在於文章的事實關係以及其說明。

**主題：科學、心理學、哲學性質的內容**

**問題：① 語句的含義**

例 ～とはどういう意味か。（所謂～是什麼意思呢？）

これは何を指すか。（這個是指什麼呢？）

～とあるが、どういうことか。（內容提到～，這是什麼意思呢？）

**② 語句的說明**

例 筆者の言う「体験」とは何か。（筆者所說的「體驗」是指什麼呢？）

信じがたい話だとあるが、何が信じがたいのか。（內容提到難以相信的事，什麼事情難以相信呢？）

**③ 文章的內容**

例 ～する目的は何か。（做～的目的為何？）

この文章では、事件について何を説明しているか。（這篇文章針對事件作出什麼樣的說明呢？）

**④ 筆者的想法**

例 筆者は「病気」をどのようなものと考えているか。（筆者認為「疾病」是什麼樣的東西呢？）

筆者がこの実験を通してわかったことは何か。（透過這項實驗，筆者有了什麼理解呢？）

問題 12 是詢問「理解主張」的題目，因此一定會出詢問筆者意見的題目。另外，也一定會出詢問理由的題目。

**主題：關於環境及生物的生態、經濟、社會問題等**

**問題：① 語句的含義、說明**

例 ～とあるが、どういうことか。（內容提到～，這是什麼意思呢？）

そことは何を指すか。（那裡是指什麼呢？）

究極の選択として筆者が挙げているものは何か。（針對終極的選擇，筆者舉的例子是什麼呢？）

**② 理由**

例 筆者によると～のはなぜか。（據筆者所言，～是為什麼呢？）

筆者は、なぜ～と述べているか。（筆者為什麼會說～呢？）

～理由として最も適当なものはどれか。（以～的理由來說，最適當的選項為何？）

**③ 內容說明**

例 筆者は、日本人はどのような考え方をしていると言っているか。（筆者說日本人是怎麼想的呢？）

群集心理の説明として、本文の内容と合っているものはどれか。（關於群集心理的說明，符合本文內容的是哪個選項呢？）

**④ 意見、主張**

例 この文章で、筆者が最も言いたいことはどれか。（在這篇文章中，筆者最想表達的是哪件事呢？）

景気対策として、筆者はどうすればいいと述べているか。（針對景氣解決方案，筆者表示應該怎麼做呢？）

試著比較兩種問題後，針對主題，我們應該可以推測會經常出現以下內容的文章。至於是出現在問題 10 還是問題 12 就不得而知了。

**1　科學性質的文章，特別是關於植物和動物的生態**

**2　心理學性質的主題、哲學性質的主題**

然而，問題會具有某種程度的傾向。

**1　一定會出現針對語句含義、説明的問題。**

**2　也一定會出現針對文章內容及筆者想法的提問，但問題 10 和問題 12 的提問形式會有些許差異。**

**3　針對理由和筆者主張的提問一定會出現在問題 12。**

除了「讀解的重點」以外，請追加注意以上各項重點，一邊確認每個段落一邊閱讀文章。就像在解中篇文章的題目時一樣，重點是理解全文結構。

## 例題 11

首先請在文章關鍵處畫上底線。具體例子和重覆說明的部分可以省略。

⋮（略）

接著，請留下畫底線的部分，試著將各段落簡化為容易理解的形式吧。

請確認各段落開頭的「指示詞」代表什麼，並理解它與前一段落之間的關係吧。

⋮（略）

如果能摘要到此種程度，應該就能回答問題了。

**問 1**「そこ」是指什麼呢？

只要看第 3 段的摘要，就能得知「そこ」＝「それ（1 個の受精卵が、各器官を形成していく過程）」（1 個受精卵漸次形成各種器官的過程）。因此正確答案是選項 **2**。

**問 2** 關於「アポトーシス」（細胞凋亡）的例子何者正確？

這篇文章裡列出了 4 個例子，請注意最後一個例子。

因為這裡提到「古くなった細胞が処理され新しい細胞と入れ替わる」（老舊的細胞被處理掉，並以新的細胞取而代之），由此可知和這句話相同的是選項 **1** 的頭髮汰換。

**問 3** 筆者認為人類平均壽命延長的主要原因是什麼呢？

雖然筆者在最後一段也列舉了環境變化、醫療發達等其他因素，但這裡的重點在於前面第 6 段中這件事和「生命のプログラム」（生命工程）之間的關係。筆者的意見句即為答案。正確答案為選項 **4**。

**問 4** 筆者對「アポトーシス」（細胞凋亡）有什麼想法呢？

這題只要看最後一句就能知道答案。筆者表示：「アポトーシスのメカニズムを解明していくことで、さらに人間の寿命が延びていく」（藉由解開細胞凋亡的運作機制之謎，人類的壽命會更加延長），因此正確答案是選項 **3**。

## 例題 12

在這裡，我們省略畫底線的步驟，直接從為各段落作摘要開始。請試著盡量改為簡短且簡單的句子。

⋮（略）

接著，請試著思考文章結構。

1：提出問題、向讀者提問。「数値」（數值）的問題

2：1 的具體例子

3：重新提出 1 與筆者的意見

4：追加問題、「科学」（科學）的問題

5：4 的具體例子

6：重新提出 4 與筆者的意見

7：筆者的主張

儘管是一篇長篇文章，但舉例的部分相當多。因此，若能利用「数値」、「科学」及「主体性」（自主性）這 3 個關鍵字來掌握全文，就不難回答問題了。

試著將全文整理成更簡短、更簡單的句子吧。

提出問題：現代社会における、「数値」や「科学」の扱い方には疑問がある。
（對於現代社會中看待「數值」和「科學」的觀念抱持著疑問。）

其理由：「数値」や「科学」を扱う側の主体性が欠けているからである。
（因為看待「數值」和「科學」的一方欠缺自主性。）

結論：主休性を取り戻すことが大事である。（取回自主性很重要。）

因此，正確答案為，問題 1：**3**，問題 2：**4**，問題 3：**4**，問題 4：**3**。

# 4 綜合理解

問題 11 是比較兩篇主題相同的短篇文章（約 300 字），理解兩者之間的**共通點**和**相異點**的題目。

主題為教育、垃圾問題等一般社會問題，大多是會出現意見分歧的內容。

問題會出 2 個或 3 個，基本上會出現詢問文章 A 和文章 B 之間相異點的問題，以及詢問共通點的問題（在國際交流基金發表的日本語能力試驗概要中，「綜合理解」的小題數為 3 題。不過最近似乎傾向於只出 2 題）。

大致上會出現如下面這種形式的問題和答案。特別是關於相異點的問題，因為會列出 A、B 雙方的意見，所以各選項的句子有時會變得很長。請注意不要搞混了。

**相異點**

**問題**：AとBは、小学生の外国語学習について、どのような考えを持っているか。
（針對小學生學習外語，A 和 B 各抱持著什麼樣的想法呢？）

**答案**：Aは外国語の学習は早ければ早いほど良いと考え、Bは小学校では必要ないと考えている。
（A 認為學習外語越早開始越好；而 B 認為小學不需要學習外語。）
Aは外国語の学習がほかの教科にもよい影響があると考え、Bはまず国語教育の充実を図るべきだと考えている。（A 認為學習外語對其他科目也會帶來好的影響；而 B 認為首要任務應該是充實國語教育。）

選項中也會出現 A 正確但 B 錯誤的陳述。將所有選項仔細讀到最後吧。

**共通點**

**問題**：外国語教育の必要性について、AとBが述べていることは何か。
（針對外語教育的必要性，A、B 兩人闡述了什麼內容呢？）

**答案**：今後、外国語教育の必要性はさらに高まると予想される。（預測今後外語教育的必要性會更加提升。）
外国語教育の必要性については、意見の対立が続くだろう。（在外語教育必要性這個議題上，應該會持續著意見的對立吧。）

很多情況都是以不同的說法取代文章中的詞彙。重點在於是否能察覺這個情況。

因為是短篇文章，所以並沒有那麼困難，不過因為出現在兩個長篇問題之間，所以答題重點是不要太過心急，要正確讀取筆者的意見。如果是針對 1 個主題，出現「A 贊成，B 反對」這種意見分歧的話還算容易理解。然而當中也存在著兩人都表示贊成，但卻各自抱有不同意見的這種情況。必須練習讀取兩人意見一致的部分及意見分歧的部分。

**例題 13**

針對問題 1，讓我們試著將 A 和 B 的文章中陳述意見的部分擷取出來吧。

⋮（略）

這樣進行比較後，我們可以明顯看出，A 採取否定態度，而 B 採取肯定態度。所以問題 1 的答案為選項 **2**。

針對問題 2，讓我們試著從 A 和 B 的文章中擷取對應各選項的句子出來吧。

⋮（略）

A、B 兩人都有提到的是選項 2 和 3，不過對於選項 3，兩人表達的意思並不相同。因此，正確答案是選項 **2**。

### 例題 14

如例題 14，在 N1 考試中，也會出現並非互相對立的 2 種意見，而是針對同一主題有不同論點意見的這種題目，因此讓我們事先規畫答題對策吧。

話雖如此，基本技巧依然沒有兩樣。首先必須閱讀 A、B 兩篇文章並找出相異點和共通點。在這裡，我們先試著來尋找共通點吧。

⋮（略）

由此我們可以馬上發現，A 的意見出現在這裡。那麼 B 呢？

⋮（略）

這是 B 第一個段落的意見句。而 B 在後面段落的「だから、例えば、両親と子ども一人の家族三人が、同時に家の中にいるのに～家族は愛情を食べて育って行くのだから。」（因此，舉例來說，由父母和一個小孩組成的一家三口，明明同時在家～因為家人是攝取愛情持續成長的。）全都屬於他的意見。

以上，試著比較 A 和 B 的意見句，尋找兩者共通的詞句後，應該就會注意到「必然性」（必然性）＝「やむをえず」（不得不）了吧。

因此，問題 2 的正確答案是選項 **4**。

針對問題 1，讓我們逐一閱讀選項吧。

選項 1 說兩人意見對立，所以不正確。

選項 2 也只是將選項 1 的 A、B 互換而已，所以不正確。

選項 3，因為 A 和 B 都不是以究竟是社會問題還是個人問題這種論點來闡述，所以不正確。

⋮（略）

在這裡，他批判推崇個人主義的「メディア」（大眾媒體）＝「マスコミ」（大眾媒體）。換句話說，他並非表示這是個人問題。

因此，正確答案是選項 **4**。

# 5 情報検索

問題 13 的內容是招募說明等資訊素材，全部約 700 字，問題有 2 題。

除了招募說明之外，也可能會出廣告、說明手冊、資訊雜誌、商務文書等題目。招募說明的基本刊載事項如下所示：

1　日期時間

2　地點

3　舉辦目的、主旨

4　招募對象的條件（報名資格）

5　報名方法

6　注意事項

7　諮詢

其中第一項重點是「招募對象的條件」（報名資格）。能夠報名的究竟是什麼樣的人，請確認一下其條件為何。接下來是「報名方法」，也就是關於報名時的手續究竟應該如何進行。然後必須注意的是，其中必定會針對例外情況附加「但書」，也就是「注意事項」。

舉例來說，關於應徵者的條件寫道：

◆応募資格：国籍、性別、年齢を問わない。

（但し、営業職希望者は、要自動車免許。）

（應徵資格：不限任何國籍、性別、年齡。〔但是欲應徵業務者須持有汽車駕照。〕）

像這樣附有「但書」的情況。大家必須仔細閱讀，連這些細節都不要錯過。

招募說明經常出現演講比賽、外國留學生文學獎等各種比賽項目。也會出現論文、照片、繪畫、發明等作品募集活動。除此之外，也有招募獎學金、公開講座的聽眾，徵求兼職或正職員工、志工，為旅遊、旅行團等募集參加者等內容。

另外，也會出現市民中心或禮堂等公共設施的使用介紹，以及登在網頁上的營業資訊介紹等內容。

說明文章大致可分為 2 種類型：

一種是像獎學金或公開講座的介紹一樣，資訊分為 4 項或是更多項目。另一種則是像募集比賽參加者一樣，全部只有 1 項資訊。在這種類型中，有時會出現比方說將參加者分為「成人」和「兒童」等 2 個（以上）部門的情況。

問題應該也大致可分為 2 種類型。

一種是關於報名資格的問題，例如：

「次の 4 人のうち、応募できるのはだれか。」（下列 4 個人當中誰可以報名呢？）

「次の 4 人のうち、応募できるのは何人か。」（下列 4 個人當中有幾個人可以報名呢？）

之類的內容。

或是列出像是「インドネシアのアリさんは大学生で、日本に 5 年滞在している」（印尼的亞里先生是大學生，在日本生活了 5 年）等應徵者具體的個人檔案作為條件，然後詢問「アリさんが応募できる会社はどれか。」（亞里先生可以應徵的公司是哪一間呢？）的問題。

另一種則是關於報名手續的問題。例如：

「④の講座に申し込むためにはどのような手続きが必要か。」（要報名④的講座需要進行哪些手續呢？）之類的內容。

當中也會出現獎學金的總計金額或月薪共有多少等需要進行簡單計算的題目，因此請特別注意不要計算錯誤了。

## 例題 15

這個題目的基本解法是，從題目提供的資訊當中找出符合某條件的項目。

那個條件就是該題的問題。只要試著將問題列出的條件對照下一頁的資訊，就能知道答案。

我們趕快來看看問題 1 吧。

⋮（略）

問題 1 的條件是「短期間」（短期）和「平日」（平日）。這點只要看 4 個講座的「期間」（授課時期）就能立刻知道答案。

首先，課程開在「平日」的是②和④。

然後，②和④之中授課時期較短的是④，所以選項 **4** 是正確答案。

再來，關於問題 2 的報名課程所需手續方面，也是逐一釐清所有條件就能知道答案。

「③スポーツ教室」（運動教室）的條件是加入保險。

・如果先前就已經投保意外傷害險的話，就在報名表中填寫保險名稱。
・如果願意加入大學的「スポーツ安全保険」（運動安全保險）的話，就在報名表上填寫「希望」（願意）。

因此，符合條件的是選項 2、3、4。

接著，看選項 2 的內容，關於「申込書と返信用封筒を同封して郵送する」（將報名表和回郵信封以同一個信封寄出）這點也正確，而關於「できるだけ早く」（盡快）這點，因為③的「締切」（截止日期）是「定員になり次第」（額滿為止），所以可知是正確的。在「受講決定」（資格認定）中寫有「※締切に『定員になり次第』と記載されている講座は、先着順となります。」（※ 截止日期定為『額滿為止』的講座，將依照資料寄達順序決定。）

那麼請看一下選項 3 和 4。兩者都寫有關於「受講料」（學費）的資訊，但因為「受講料」項目中清楚寫著「受講決定通知到着後」（資格認定通知單寄達後），由此可知在課程報名階段不需要繳費。

換句話說，選項 3 和選項 4 都不正確，因此選項 **2** 為正確答案。

本書原名—「絶対合格！日本語能力試験 徹底トレーニング　N 1　読解」

# 絕對合格！日本語能力試驗　N 1　讀解

2013 年（民 102）3 月 1 日 第 1 版 第 1 刷 發行
2018 年（民 107）8 月 1 日 第 1 版 第 3 刷 發行

定價 新台幣：380 元整

著　者　松岡龍美
授　權　株式会社 アスク出版
發行人　林 駿 煌
發行所　大新書局
地　址　台北市大安區(106)瑞安街 256 巷 16 號
電　話　(02)2707-3232・2707-3838・2755-2468
傳　真　(02)2701-1633・郵 政 劃 撥：00173901
法律顧問　中新法律事務所　田俊賢律師

香港地區　香港聯合書刊物流有限公司
地　址　香港新界大埔汀麗路 36 號 中華商務印刷大厦 3 字樓
電　話　(852)2150-2100
傳　真　(852)2810-4201

 ISBN　978-986-321-025-2 (B294)